LE CHEVALIER

DE

L'ORDRE TEUTONIQUE

DE RUILLY

LIMOGES

BARBOU FRÈRES, ÉDITEURS

BIBLIOTHÈQUE
CHRÉTIENNE ET MORALE,

APPROUVÉE

PAR MONSEIGNEUR L'ÉVÊQUE DE LIMOGES.

LE CHEVALIER

DE

L'ORDRE TEUTONIQUE.

Martyre de Saint Boniface.

LE CHEVALIER DE
l'ordre Teutonique
PAR H. DE RUILLY.

Château de Ronéda.

A LIMOGES
Barbou Frères, Éditeurs.
1843

LE CHEVALIER

DE

L'ORDRE TEUTONIQUE,

PAR

M. DE RUILLY,

A LIMOGES,

CHEZ BARBOU FRÈRES, IMP.-LIBRAIRES.

1843.

AVERTISSEMENT.

L'OUVRAGE que nous présentons ici à la jeunesse
est un épisode de l'histoire du moyen-âge, si fé-
conde en détails intéressans et en faits peu connus
d'une foule de lecteurs. C'est une page tirée des
annales de la propagation de la religion chrétienne,
relatant le dévoûment et le courage d'un de ces ordres religieux qui rendirent tant de services à la

cause de notre foi, de l'humanité et de la civilisation. Autour du trait principal, qui fait la base de ce récit, nous avons groupé quelques scènes propres à animer le tableau et à corriger la sécheresse d'une action simple en elle-même, sans toutefois nuire à la fidélité historique. Ces embellissemens, que nous nous sommes permis, feront mieux ressortir encore le grand caractère du brave chevalier qui contribua si puissamment à l'établissement de l'Eglise catholique dans des contrées frappées jusqu'alors de stérilité et que la lumière de l'Évangile éclaira insensiblement.

Nous remarquerons encore dans ce volume l'action constante de l'Eglise de Rome, la mère et la maîtresse de toutes les Églises, employant tous les moyens convenables pour arriver au but marqué par Jésus-Christ, celui d'annoncer à tous les peuples la doctrine de vie, conformément à ses paroles : « Allez donc, instruisez toutes les nations, les baptisant, leur enseignant à observer tout ce que je » vous ai ordonné. » Sans doute de nombreux obstacles se sont encore rencontrés pour entraver l'œuvre de la régénération du monde · à défaut de ces persécutions sanglantes que nous lisons dans l'histoire des premiers siècles du christianisme, d'autres difficultés, suscitées par un autre genre d'ennemis, se sont présentées, mais elles ont encore été vaincues par ce même esprit de foi qui triompha des anciens persécuteurs ; par cette même autorité, fondement de la juridiction ecclésiastique, qui consiste d'une part à étendre et de l'autre à conserver le règne de la saine doctrine et les bonnes mœurs.

Sans doute les Églises du Nord ne jetteront pas, dès leur origine, un aussi vif éclat que celles de l'Orient, de l'Afrique ou du midi de l'Europe ; mais ici la civilisation romaine avait préparé les voies à l'Évangile, tandis que là il fallait éclairer les esprits avant de convertir les cœurs ; déraciner des habitudes vicieuses ; réformer des mœurs grossières avant de faire goûter le charme des vertus évangéliques : en un mot il fallait redresser tout l'homme courbé à terre par des penchants tyranniques, avant de le faire marcher dans la voie étroite de ces commandemens sublimes, source de son bonheur réel.

1..

La lecture de ces pages devra augmenter dans l'âme de nos jeunes lecteurs l'attache qu'ils portent à l'Eglise catholique, resserrer encore davantage les liens qui les unissent à elle, et leur inspirer une plus grande fidélité à pratiquer les devoirs qu'elle leur impose pour avoir part aux bénédictions qu'elle promet à tous ses enfants.

I

INTRODUCTION.

LE christianisme avait été, de bonne heure,
prêché en Allemagne, mais il y fut surtout annoncé au VIIIe siècle par saint Boniface, né dans
le Devonshire, en Angleterre. Ce grand homme,
l'instrument dont se servit la Providence pour
exercer ses miséricordes sur des peuples plongés
dans les ténèbres de la plus grossière ignorance,
montra dès son enfance ces heureuses dispositions
annonçant le futur apôtre de l'évangile; car quelques religieux bénédictins s'étant un jour pré-

sentés chez son père, le jeune homme fut si édi-
fié de leur conduite, qu'il conçut dès lors le désir
d'embrasser l'état monastique. Son père crut que
cette manifestation de sentimens n'était qu'une
effervescence du moment et n'y fit d'abord pas
attention ; mais plus tard il la combattit et s'opposa à la volonté si vivement exprimée par son
fils. Une maladie qui lui survint changea tout-à-
coup son cœur, il permit au jeune homme de suivre sa vocation. Celui-ci entra aussitôt au monastère d'Exéter alors dirigé par saint Wolphard,
qui en était abbé. Le jeune novice portait dans
sa jeunesse le nom de Winfrid.

Après un séjour de treize ans dans cette pieuse
retraite, asile de la science et de la vertu, Winfrid, qui avait achevé ses études, fut envoyé au
monastère de Nutzel où il eut pour directeur l'abbé
Winbert sous lequel il se perfectionna dans les
sciences divines et humaines et fut même chargé
de les enseigner aux autres. Il fut élevé au sacer-
doce à l'âge de trente ans, et s'acquit bientôt une
telle réputation que ses supérieurs lui confièrent
une mission fort délicate auprès de Brithwal, archevêque de Cantorbéry. Le jeune prêtre s'en
acquitta avec succès, ce qui lui valut l'admiration de l'archevêque et du roi Ina. Dès ce moment il devint l'âme de toutes les entreprises re-

ligieuses ; les évêques de la province l'invitèrent à tous les synodes qu'ils célébraient et le consultèrent souvent.

Dévoré du zèle de la gloire de Dieu, Winfrid demanda à son abbé, et en obtint la permission d'aller prêcher la religion chrétienne aux infidèles de la Frise. Mais ce noble projet présenta de graves difficultés provenant pour la plupart des guerres que se faisaient Charles-Martel, maire du palais de France, et Radbod, roi de la Frise. Le saint ne se laissa cependant pas rebuter, s'embarqua pour le continent, se rendit à Utrecht, se présenta au roi et le pria de lui accorder la permission d'annoncer l'évangile ; mais il ne put l'obtenir malgré ses vives instances. Il retourna donc dans son monastère dont il fut élu supérieur après la mort de Winbert. La pensée de se consacrer aux missions le poursuivant toujours, il offrit à l'évêque de Winchester sa démission et partit pour Rome où il fut reçu avec bonté par le pape Grégoire II. Ce pontife, après une longue conversation qu'il eut avec lui, le chargea du soin de la conversion des peuples idolâtres de l'Allemagne, lui remit des lettres de recommandation pour tous les princes chrétiens qui se trouveraient sur sa route.

Winfrid commença son apostolat dans la Bavière et la Thuringe et convertit un grand nombre d'infidèles. La mort de Radbod lui ouvrit enfin le chemin de la Frise, pays qu'il évangélisa pendant trois ans avec saint Willibrod, qui songea à le faire son successeur dans l'épiscopat. Effrayé de cette proposition, Winfrid se déroba par la fuite et se retira en Saxe et dans la Hesse où il fit de belles conquêtes à la religion. Ayant rendu compte à Grégoire de ses travaux apostoliques, ce pape le manda à Rome et le sacra évêque d'Allemagne en changeant son nom de Winfrid en celui de Boniface.

De retour en Allemagne, le nouvel évêque continua ses travaux avec le même zèle, instruisant partout les peuples, fondant des églises et faisant bénir, dans une foule de ces contrées, le nom de Jésus-Christ. Ne pouvant suffire à tout, il appela d'Angleterre de nouveaux ouvriers évangéliques, et les établit dans la Hesse et la Thuringe. Grégoire III, étant monté sur le saint-siége en 732, Boniface lui envoya quelques-uns de ses prêtres pour le consulter sur quelques difficultés. Le pape ayant appris de la bouche de ces députés tout ce que le saint avait fait pour le bien de la religion, lui fit remettre un pallium, le nomma archevêque et primat de toute l'Allemagne. Boniface se rendit une troisième fois à Rome pour conférer avec le souverain pontife au sujet des églises qu'il avait établies et fut nommé légat du saint-siége pour toute l'Allemagne. En traversant la Bavière, Boniface fut appelé par le duc Odilon pour réformer différens abus qui s'étaient glissés dans la discipline ecclésiastique. Il érigea ensuite plusieurs siéges épiscopaux à Freisingen, à Ratisbonne, à Erfurt, à Barabourg, à Wurtzbourg, à Eichstadt et rétablit celui de Salzbourg. Le pape Zacharie, qui succéda à Grégoire III, confirma tout ce que Boniface avait fait en Allemagne et lui témoigna la plus grande estime ainsi que Pépin, qui voulut recevoir de ses mains l'onction sainte lorsqu'il monta sur le trône de France.

Comme Boniface n'avait pas encore de siége fixe, Pépin lui donna l'évêché de Mayence que le pape Zacharie érigea en métropole en sa faveur, l'an 751. On a prétendu que le prélat contribua à opérer la révolution qui priva de la couronne Childéric III qu'on rasa et qu'on enferma dans un monastère, mais cela n'est pas prouvé et paraît même en opposition avec le caractère de Boniface que ses lettres dépeignent comme un homme d'une conscience timorée. Pour continuer le bien qu'il avait si heureusement commencé, le saint fit venir d'Angleterre des religieux et des femmes recommandables par leurs vertus. L'histoire nomme parmi les premiers saint Wigbert, saint Burkard de Wurtzbourg, saint Lulle et saint Willibaud d'Eihstœdt, et parmi les secondes sainte Lisbe, une des parentes du prélat, sainte Thècle, sainte Walburge, sainte Bertigite et sainte Contrude. Il les plaça dans les monastères qu'il avait fait construire en différentes provinces. Celui de Fulde, qui devint plus tard si célèbre par le nombre des savans qu'il produisit et qui fut érigé en évêché au dernier siècle, avait été fondé en 746 ; les abbayes de Fidislar, sous l'invocation de l'apôtre saint Pierre, de Hammenbourg et d'Odorf, dédiées à saint Michel, archange, lui durent aussi leur existence.

Les historiens font une admirable peinture de la vie que menaient ces moines fervents et laborieux. Ils vivaient du travail de leurs mains, défrichaient les landes stériles, abattaient les forêts, desséchaient les marais, cultivaient les sciences, inspiraient aux peuples l'esprit de douceur et de piété, introduisaient la civilisation dans des contrées sauvages en répandant partout la bonne odeur de Jésus-Christ. Cependant, entraîné par son désir de propager de plus en plus la religion chrétienne, Boniface demanda au pape Zacharie, et en obtint enfin la permission de se choisir un successeur. Il sacra lui-même, en 754, archevêque de Mayance, saint Lulle, d'abord religieux à l'abbaye de Malmesbury ; le pape Etienne II confirma ce choix. Boniface partit ensuite et alla prêcher l'évangile aux peuples les plus reculés de la Frise et renommés par leur barbarie. Il est impossible de relater tout ce que le saint missionnaire eut à souffrir dans le cours de cette entreprise qui produisit cependant d'heureux effets. Un grand nombre de païens abjurèrent leurs erreurs et reçurent le baptême, ce qui déchaîna contre lui la fureur des prêtres idolâtres. Ceux-ci parvinrent à soulever les populations et allèrent se ruer sur le lieu où les missionnaires avaient dressé leurs tentes sur le bord de la rivière de Bordne auprès de Dockum. C'était la veille de la Pentecôte : Boniface se disposait à administrer la confirmation aux nouveaux convertis.

A la vue des infidèles entourant les chrétiens, les armes à la main et au regard farouche, les serviteurs du saint prélat voulurent se mettre sur la défensive ; mais Boniface s'y opposa en disant :

« La foi que nous prêchons est une religion d'amour et de paix, et ne nous permet point d'opposer la force à la force. A l'exemple de ces généreux martyrs de l'église primitive, offrons-

nous au Seigneur comme des victimes volontaires;
et puisse notre sang devenir une semence de
chrétiens! Pour moi, je soupire depuis long-temps
après le martyre, et mon plus ardent désir fut
toujours de mourir pour la cause de Jésus-Christ.
La mort nous ouvrira les portes de la céleste patrie, et notre récompense sera grande dans les
cieux. »

Il allait continuer à parler et à exhorter les
siens au martyre, lorsque les païens se précipitèrent sur lui et le massacrèrent. Après lui périrent du même supplice cinquante-deux autres
chrétiens, parmi lesquels se trouvèrent Eoban,
évêque ; Wintrung, Gautier et Adelher, prêtres ;
Hamond, Strichald et Bosa, diacres ; Wakkar,
Gonderhar, Williker et Hadulphe, religieux ; les
autres étaient laïcs. Cette barbarie fut exécutée le
5 juin 755. Les infidèles se mirent ensuite à piller
les tentes des chrétiens, mais ils furent singulièrement surpris de n'y trouver que des livres d'é-
glise et des reliques au lieu de l'argent qu'ils
avaient espéré enlever.

La mort de ce saint prélat paralysa, pour quelque temps, la propagation de l'évangile dans les
contrées du nord de l'Allemagne : tout le monde
sait ce que fit, quelques temps après, Charlemagne
pour dompter les Saxons et leur imposer le christianisme.

Un autre saint prélat scella de même, au Xe siècle, de son sang une nouvelle tentative d'annoncer la foi catholique aux nations qui habitaient les bords de la mer Baltique. Saint Adalbert, évêque de Prague, en Bohême, avait quitté son siége pour faire connaître Jésus-Christ aux habitans de la Prusse, sarmates d'origine, et les plus sauvages de tous les païens du nord. Ceux-ci ne se souciaient nullement de la beauté des temples, mais adoraient leurs idoles sous des chênes et leur immolaient les prisonniers faits sur l'ennemi. Adalbert, accompagné de Benoît et de Gaudence, deux compagnons de ses travaux apostoliques, entreprirent d'abord avec succès la conversion des Polonais; mais passant un jour dans une petite île, il fut accablé d'outrages par les infidèles. L'un de ces barbares le prit par derrière pendant qu'il récitait le psautier, et lui donna un coup d'aviron avec une violence telle qu'il le renversa par terre à demi-mort. Le saint étant revenu à lui-même, rendit grâces à Dieu de l'avoir jugé digne de souffrir pour lui. Il partit aussitôt et reprit ses prédications ailleurs, mais il ne réussit pas davantage; on lui enjoignit même, sous peine de mort, de partir au plus tard le lendemain.

Adalbert se retira donc avec ses deux compagnons, mais, épuisé de fatigues, il s'arrêta quelques momens pour prendre un peu de repos. Les infidèles s'en étant aperçus, se précipitèrent sur lui et le chargèrent de chaînes ainsi que Benoît et Gaudence. Adalbert fit au Seigneur le sacrifice de sa vie et pria pour le salut de ses ennemis. Le prêtre des idoles le perça aussitôt de sa lance en lui disant d'un ton ironique :

— Vous devez vous réjouir à présent, puisque, d'après vos paroles, votre plus grand désir est de mourir pour votre Jésus-Christ. Six autres païens lui portèrent en même temps des coups de lance et achevèrent son martyre le 23 avril 997. On lui coupa ensuite la tête qui fut plantée au haut d'un pieu. Boleslas, qui fut plus tard duc de Pologne, racheta le corps du saint qu'on déposa d'abord à l'abbaye de Tremezno, et l'année suivante on le transporta dans la cathédrale de Gnesne où le Seigneur glorifia son serviteur par un grand nombre de miracles.

Après le martyre de saint Adalbert, plusieurs princes polonais essayèrent inutilement de soumettre les Prussiens ; le christianisme ne trouva accès qu'auprès d'un petit nombre d'hommes, et resta dans un état précaire dans les provinces du nord. « En Danemark, dit l'historien de Gré-

goire VII (1) , la lutte qui s'était élevée entre
Swen III et Adalbert de Brême était à peine terminée : le roi avait été excommunié jusqu'à ce
qu'il se fût soumis à la volonté de l'église ; en général, la puissance du pape avait une grande
force dans le nord ; c'est pourquoi la famille royale
chercha protection auprès des rois allemands jusqu'à Harold IV, qui gagna les faveurs du saint-
siége par l'intermédiaire du clergé.

» En Suède, la couronne avait passé sur la tête
d'une nouvelle famille, celle de Stenkilseh. La foi
du Christ était encore aux prises avec la religion
païenne, les rois étaient tantôt pour l'un, tantôt
pour l'autre.

» En Norwège, commandait Olof III, prince paisible, qui cherchait à faire fleurir l'agriculture,
les arts et le commerce : humain, favorable au
clergé, il était digne de l'éloge de tous ses sujets.

» La Pologne, après une longue anarchie, s'allia
par Casimir I, avec l'empereur d'Allemagne, et
après la destruction du paganisme, qui avait re-
paru au moment de l'anarchie, elle revint au

---

(1) Vaigt, Hist. de Grégoire VII, traduct. de M. Jager.

christianisme sous Boleslas II, et se détacha de l'empire. Pendant la guerre de la Saxe, il y avait une grande division entre Boleslas et Vratislas II de Bohème ; Henri IV se constitua leur arbitre. En général, il n'y avait aucune institution solide chez les peuples slaves : ils étaient partiellement attaqués et subjugués par les Allemands. Le christianisme, protégé par le zèle des missionnaires, répandit quelques lumières et quelque civilisation dans les tribus. »

La Prusse se montra la plus hostile aux bienfaits de la religion chrétienne, et en repoussa la douce influence jusqu'à ce que, conquise par les chevaliers Teutoniques, elle subit le joug de Jésus-Christ et reconnut la foi de l'évangile. L'institution de l'ordre des chevaliers Teutoniques, dont l'un des grands-maîtres va fournir le sujet de cet ouvrage, est ainsi racontée par Fleury : (1)

— Pendant le siége d'Acre, quelques Allemands de Brême et de Lubec, touchés de compassion pour les malades de l'armée qui manquaient de tout, établirent un hôpital sous une tente qu'ils firent d'une voile de vaisseau où ils servaient cha-

---

(1) Hist. ecclésiast., tom. XV, p. 604.

ritablement les malades. Il y avait déjà auparavant à Jérusalem un hôpital de la nation teutonique ; car depuis que la ville fut habitée par les chrétiens latins , les Allemands qui y venaient en grand nombre, n'entendant point la langue qui s'y parlait, c'est-à-dire le Français , ne savait à qui s'adresser. Mais Dieu inspira à un vertueux allemand, qui y était établi avec sa femme, de bâtir à ses dépens un hôpital pour les pauvres et les malades de sa |nation ; ensuite , du consentement du patriarche , il y joignit un oratoire en l'honneur de la sainte Vierge. Il entretint quelque temps cette bonne œuvre tant de ses biens que des quêtes qu'il faisait , et quelques autres, touchés de son bon exemple, se donnèrent à cet hôpital , et, quittant l'habit séculier, s'engagèrent par vœu au service des pauvres. À la suite du temps il s'y joignit des chevaliers et des nobles, qui crurent plus agréable à Dieu de prendre aussi les armes pour la défense de la Terre-Sainte.

Cette dévotion s'étant donc renouvelée au siége d'Acre, à l'occasion de l'hôpital dressé dans le camp, on prit la résolution de former un troisième ordre militaire, à l'imitation des Templiers et des Hospitaliers de Saint-Jean. Ce dessein fut approuvé par le patriarche , les archevêques de Nazareth , de Tyr et de Césarée, et les évêques de

Bethléem et d'Acre , par les maîtres du temple et l'hôpital Saint-Jean , par le roi Henri de Jérusalem et les autres seigneurs du pays. Les prélats et les seigneurs allemands qui se trouvaient à la Terre-Sainte y donnèrent aussi les mains, et d'un commun accord , Frédéric, duc de Souabe , qui était à leur tête , envoya des ambassadeurs à son frère Henri , roi des Romains , pour le prier d'obtenir du pape la confirmation de cet orde. Le Pape Célestin III l'accorda par la bulle du 23 février 1192. Le nouvel ordre fut nommé *l'Ordre des Chevaliers Teutoniques de la maison de Sainte-Marie de Jérusalem.* Leur habit était un manteau blanc chargé d'une croix noire. Le pape leur donna tous les priviléges des Templiers et des Hospitaliers de Saint-Jean dont ils imitèrent l'institut ; mais ils étaient soumis au patriarche et aux autres prélats et payaient la dîme de tous leurs biens.

Leur premier maître fut Henri de Waldpot. L'empereur Frédéric II ajouta, en 1206, à leurs armes , l'aigle de l'empire en champ d'or , et éleva leur quatrième grand-maître, Hermann de Saltza, à la dignité de prince de l'empire ; saint Louis, roi de France, orna, en 1250, de quatre fleurs-de-lis , les pointes de la croix qu'ils portaient sur leurs manteaux. Ces chevaliers donnèrent de telles preuves de valeur dans maintes occasions, que Conrard, duc de Mazovie et de Cajavie, réclama en 1229, leur secours contre les Prussiens païens et barbares qui désolaient ses états. Nous allons parler plus au long de cette guerre si importante par les résultats qu'elle eut. Ce prince leur céda d'abord deux provinces, ensuite il leur abandonna toutes les terres qu'ils pourraient conquérir sur les infidèles. L'ordre s'étendit de plus en plus et soumit successivement la Prusse, la Livonie, la Courlande et d'autres pays situés sur la Vistule. Lorsqu'en 1291 la Palestine échappa aux chrétiens, l'ordre s'établit définitivement en Prusse, et, pour consolider ses conquêtes, fonda plusieurs villes dont les principales sont Thorn, Elbing et Marienbourg. Le grand-maître fixa d'abord sa résidence à Marbourg dans la Hesse, mais en 1306 il s'établit à Marienbourg, en Prusse. Il eut ensuite de grands démêlés avec les Lituaniens, assembla ses chevaliers en Livonie et s'attira l'animadversion des habitans par les charges onéreuses qu'il leur imposa. Les provinces voisines virent avec déplaisir la puissance à laquelle parvint cet ordre, et le roi de Pologne, Uladislas-Jagellon, lui livra, en 1410, une sanglante bataille sur le Tannenberg. Plusieurs villes et provinces essayèrent de se soustraire à son autorité, et firent, en 1440, un traité d'alliance pour opposer la force à la force. Six ans après, une grande partie de la Prusse se mit sous la protection des rois de Pologne, ce qui occasiona une guerre longue et désastreuse qui fut enfin terminée par l'intervention du pape, en 1466, à des conditions avantageuses pour ces derniers monarques. Plusieurs districts de la Prusse furent cédés à la Pologne, les autres provinces restèrent au pouvoir des chevaliers, mais comme fiefs relevant de cette couronne. Au seizième siècle, l'ordre fut anéanti en Prusse, le grand-maître, margrave Albert-de-Brandebourg, ayant embrassé le luthéranisme, se maria avec la princesse Dorothée, l'une des filles du roi de Danemark et reçut, le 9 avril 1525, de Sigismond, roi de Pologne et son cousin, une partie de la Prusse en qualité de fief; de cette manière la Prusse advint à la maison de Brandebourg jusqu'en 1657 où elle fut érigée en souveraineté par le traité de Bromberg et reçue par la Pologne pour être enfin érigée en royaume, l'an 1701.

Après la défection dudit margrave Albert, le nouveau grand-maître, Gauthier de Kronberg, se retira, en 1527, à Marienthal, en Franconie, où il ne posséda plus que quelques commanderies. L'ordre étant ainsi déchu de son ancienne splen-

deur, ne forma plus au dernier siècle que onze bail-
liages qui furent 1º ceux d'Alsace , 2º de l'Autriche , 3º de l'Adige ou du Tyrol , 4º de Coblentz ,
5º de Franconie , 6º de Biessen , 7º de Westpha-
lie , 8º de Lorraine , qui étaient catholiques ;
ceux de Hesse, de la Thuringe et de Saxe, qui étaient
protestans , mais soumis au même grand-maître.
De nos jours cet ordre n'existe plus que dans les
états autrichiens.

II

LA BATAILLE

L'EMPEREUR Frédéric II, si fameux dans l'histoire par un démêlé avec le saint-siége, par son esprit d'impiété et plus tard par ses malheurs, atteint par les foudres de l'église, venait d'assembler ses troupes dans la Pouille pour repousser celles du pape : mais touché tout-à-coup de remords, il fit faire des propositions de paix à Grégoire IX par les archevêques de Reggio et de Bari et le grand-maître de l'ordre Teutonique, Hermann de Saltza. Ce dernier, dont les possessions s'étan-

2.

daient en Allemagne le long des Alpes-Juliennes
ainsi que dans les charmantes contrées arrosées
par la Saltza, rivière qui traverse la ville de
Saltzboug, l'ancien Juvavia des Romains, ruiné
par les barbares au Vᵉ siècle, était issu d'une famille dans laquelle la piété et la valeur étaient héréditaires; il avait, dans cent occasions diverses,
donné des preuves d'attachement à la foi catholique, et son épée redoutable avait plus d'une fois
fixé la victoire sous la bannière des Chrétiens. A
en croire quelques traditions populaires, le sang
de ce Witikind, chef des Saxons, connu par sa
longue résistance aux armes du puissant Charlemagne, coulait dans ses veines ; mais ce qui est
hors de doute, c'est la considération dont jouissait
sa famille alliée à celle de Henri II, empereur
d'Allemagne, qui échangea une couronne péris-
sable contre l'auréole des saints.

Un homme tel que Hermann pouvait donc être
employé avec avantage dans une négociation
aussi difficile que celle de rétablir la concorde
entre le chef de l'église et de l'état. Ses lumières,
une certaine éloquence naturelle, sa foi vive, sa
fidélité à l'empereur étaient des garanties suffisantes aux yeux des deux partis, et personne ne
pouvait craindre qu'il ne plaidât avec énergie les
intérêts qu'on lui confia. Il alla donc se joindre

aux deux prélats susdits, et tous trois partirent
pour Cajace qui était assiégée par l'armée du pape.
Là ils prirent des lettres de l'évêque d'Albano et
du cardinal de Sainte-Praxède avec lesquelles
ils se rendirent à la cour de Rome. Mais les propositions faites par le monarque allemand ne furent point accueillies par les conseillers du saint-
siége. Hermann ne perdit point courage et reprit
seul les négociations. Il déploya, dans cette affaire, la plus grande habileté et parvint enfin à
arrêter les bases d'un traité également agréable
aux deux partis.

Heureux d'avoir réussi dans une mission si délicate, il rejoignit l'empereur qui était à Aquin
et lui annonça ce qu'il avait fait. L'empereur
fut transporté de joie en apprenant cette bonne
nouvelle. Hermann, désirant terminer cette affaire
qui l'occupait si vivement, en conféra avec Thomas de Capoue, cardinal de Sainte-Sabine, qu'il
gagna à la cause de l'empereur. Ce prince, de son
côté, fit venir en Italie plusieurs seigneurs allemands pour leur soumettre ce projet, parmi lesquels figurèrent Berthold, patriarche d'Aquilée;
Eberhard, archevêque de Saltzbourg; Siffrid,
évêque de Ratisbonne; Léopold, duc d'Autriche,
et le duc de Dalmatie et d'Istrie. Le pape nomma
aussi des médiateurs, mais l'âme de ces réunions

fut Hermann de Saltza. *La paix fut enfin conclue.*
Le 3 juillet 1230, l'empereur Frédéric II prêta,
en présence des deux légats, Jean, évêque de
Sabine, et Thomas, cardinal de Sainte-Sabine,
le serment d'être prêt à se soumettre aux ordres
de l'église sans restriction et condition.

Par suite de cette déclaration on prit des mesures pour faire rentrer sous l'obéissance de l'empereur les places du royaume de Sicile qui s'étaient
données au pape sans toutefois blesser l'honneur
de l'église par cette restitution ; l'empereur, pour
garantie de ses promesses, mit en sûreté plusieurs
d'entre elles et en confia la garde à Hermann de
Saltza. Le monarque reçut ensuite l'absolution de
l'excommunication dans son camp près de Cépé-
rans, en Campanie, par les deux légats mention-
nés plus haut, et aux conditions suivantes :

« Il n'empêchera ni par lui ni par un autre,
que les élections, postulations et confirmations
des églises ni des monastères dans le royaume de
Sicile ne se fassent librement à l'avenir suivant
les décrets du conseil général. Il satisfera aux
comtes de Celane, fils de Rainald d'Averse, selon
le traité dont l'église a promis la garantie. Il ré-
parera les dommages qu'ont soufferts les Templiers, les Hospitaliers et les autres personnes ecclésiastiques dans les termes que l'église prescrira,

Il donnera dans huit mois des cautions suffisantes à l'église de l'accomplissement de ce traité , savoir : des seigneurs d'Allemagne , des villes de de Lombardie , de Toscane , de la Marche et de la Romagne , et des seigneurs des mêmes provinces que l'église nommera. Le tout sans préjudice des sûretés que l'empereur a déjà données pour l'affaire de la Terre-Sainte , à laquelle il satisfera selon qu'il sera ordonné par l'église. Nous déclarons que le pape veut être remboursé des dépenses qu'il a été contraint de faire hors le royaume pour conserver la liberté de l'église et le patrimoine de Saint-Pierre. Que si l'empereur n'accomplit pas de bonne foi ce qu'il a promis en ce traité , il encourra par le seul fait l'excommunication, dont nous le frappons dès à présent par l'autorité du pape. » (1).

Cet acte est daté du 28 août 1230 ; il fut certifié par trois prélats étrangers qui étaient : l'archevêque d'Arles , l'évêque de Wincestre et l'évêque de Beauvais , ainsi que plusieurs prélats allemands et italiens.

Après avoir ainsi signalé son zèle dans cette

----

(1) Fleury , Hist. ecclésiast., tom. XVI , p. 685.

négociation, Hermann de Saltza songea à se retirer dans ses domaines pour y prendre du repos ;
mais la voix de la religion et de l'humanité vint
de nouveau retentir à ses oreilles. Le duc de Mazovie avait pour voisin les Prussiens, nation idolâtre et redoutée par sa barbarie et sa haine pour
le christianisme. Ce prince avait en vain opposé à
ces farouches conquérans la force de son bras, il
parvint plusieurs fois à les éloigner de ses frontières, mais, oubliant les défaites qu'ils avaient
essuyées, ils revinrent sur leurs pas et continuè-
rent à faire des irruptions sur ses terres. Voulant
mettre un terme à ces spoliations que se permettaient les Prussiens, le duc appela à son secours
les Chevaliers de l'Ordre Teutonique et adressa
au grand-maître Hermann une invitation pressante de le rejoindre avec tous ceux de ses braves
qui seraient en état de le suivre. Hermann accéda
aux désirs du duc et partit à la tête d'une com-
pagnie d'élite qui signala sa bravoure dans mille
escarmouches sans pour cela frapper un coup décisif.

Les Prussiens, issus des Vandales, étaient alliés aux peuples barbares du midi de l'Allemagne
et se divisaient en plusieurs branches. Leur religion se rapprochait en différens points de celle
des autres nations idolâtres. Ils honoraient une

multitude de *Bogs* , c'est-à-dire de divinités qu'ils nommaient dans leur langage *êtres de la lumière* , à l'exception d'une seule , *le dieu noir* dont le séjour était fixé , selon eux , dans la région des ténèbres et de l'horreur. Ils leur offraient des victimes sur les collines et dans les bocages ombragés ; le sang de animaux de toute espèce, même celui de leurs prisonniers, coulait souvent au pied de leurs statues. Ils rendaient aussi un culte à la déesse *Hertha* (la Terre) , appelée Chaste, et dont la statue , placée dans une île de la mer des Suèves, sur un char toujours couvert d'un voile, était l'objet d'une profonde vénération. Ce char, traîné par des génisses blanches , était promené à des époques marquées au milieu des peuples. Sa présence procurait la joie et le bonheur dans les lieux qu'elle parcourait ; les guerres et les inimitiés étaient alors suspendues , les forêts cessaient de retentir du bruit des armes. Un banquet suivait l'apparition de la déesse mystérieuse , et tous les cœurs s'ouvraient aux doux sentimens de la paix.

Ces peuples obéissaient à des chefs sur lesquels les prêtres exerçaient une grande influence. Quelques familles et hordes étaient gouvernées par des princes plus ou moins puissans qui se faisaient souvent la guerre quand aucun ennemi commun ne les appelait à une guerre générale. Leur fureur de piller ne connaissait point de bornes, et n'était égalée que par leur désespoir en cas de défaite.

Un de ces chefs, nommé *Horismond*, avait blanchi dans les armes. Sa valeur, éprouvée dans maints combats et sa sagesse regardée comme un oracle céleste, l'avaient rendu célèbre dans toute la contrée; on venait le consulter de fort loin et ses décisions étaient accueillies avec un respect religieux. Il avait établi sa résidence au Donjon de *Honéda*, *situé sur la rive droite de la Vistule*, à une petite distance de l'endroit où fut construite plus tard la ville de Thorn. Dans les environs de ce donjon on voyait le sombre et terrible bocage au milieu duquel se trouvait le chêne sacré de Romové, célèbre dans l'histoire du pays et remarquable par sa merveilleuse croissance. Dans le tronc de cet arbre majestueux on avait placé la statue de Perkunas, le dieu suprême de la région, autour de lui étaient rangées en cercle celles des divinités Picullos, Potrymbus, Bolas et autres. Un nombreux collége de prêtres était chargé de la déserte du culte; à leur tête se trouvait un vieillard centenaire appelé Kirwaïto.

Ce bois sacré, ce chêne antique, depuis tant de siècles l'objet de la vénération du peuple, attira surtout l'attention des nobles chevaliers Teutoniques. Tous brûlent du désir de purger le sol de l'idole, centre de la superstition, et d'arborer à sa place l'étendard sacré de la croix. Entreprise gigantesque, périlleuse, mais devant laquelle ne recule pas le courage des héros de l'Evangile.

Horismond, le vaillant chef du peuple, l'intrépide défenseur de Honéda, avait vu se préparer dans le lointain l'orage qui allait éclater contre lui. Il connaît le danger, et n'en est point effrayé. Il mesure d'un œil tranquille toute l'étendue des devoirs que lui impose l'approche des soldats chrétiens; il convoque autour de lui ses fidèles guerriers. Semblable au bruit des flots de l'Océan en courroux, le cri de guerre retentit tout-à-coup à travers les sombres forêts de ce pays âpre et sauvage. Partout l'écho répète le *bardit*, un saint enthousiasme enflamme tous les cœurs; les femmes même agitent la torche et la massue et sont prêtes à suivre au combat leurs pères, leurs frères, leurs époux. Des milliers de guerriers accourent de toutes parts pour se ranger sous les bannières d'Horismond. Cette armée, réunie sur le penchant d'une colline au pied de laquelle coulait la Vistule, ressemblait encore, après dix siècles de distance, à la peinture que Tacite a faite des anciens Germains :
« Peu ont des épées et des pertuisanes : ils font

Chevalier Teut.   3

usage de lances qu'ils appellent framées et qui sont armées d'un fer étroit, court et acéré : ces lances sont si maniables qu'ils s'en servent également bien de près et de loin, suivant que l'occasion l'exige. La cavalerie n'a que le bouclier et la framée. Leurs fantassins lancent des traits qui se succèdent rapidement et fort loin. Ils sont nus, ou à peine couverts d'une *saie* légère. Ils ne se piquent point de parure ; leur unique luxe consiste à peindre leurs boucliers de couleurs brillantes. On voit peu de cuirasses ; à peine un ou deux casques. Leurs chevaux n'ont ni beauté ni vitesse ; ils ne sont point dressés comme les nôtres à manœuvrer en tout sens : les Germains ne savent que les pousser en avant, ou les tourner brusquement à droite, mais si bien ensemble, qu'aucun ne reste en arrière. Leur infanterie en général est ce qu'ils ont de mieux : aussi dans les combats ils la mêlent avec la cavalerie : ils choisissent pour cet objet, parmi toute leur jeunesse, ceux que leur vitesse rend les plus propres à ce genre de combat, et ils les placent toujours aux premiers rangs. Le nombre en est déterminé, chaque canton fournit cent hommes qu'on appelle les *Cents*, et cette expression qui, dans l'origine, n'indiquait que leur nombre, est devenue une dénomination honorable. Leurs bataillons présentent la forme d'un coin. Reculer pour revenir à la charge, c'est chez eux prudence et non lâcheté. Dans le plus fort de la mêlée, ils enlèvent leurs morts de dessus le champ de bataille. Abandonner son bouclier est une tache indélébile; celui qui en est flétri est exclus des assemblées religieuses et politiques. Plusieurs qui s'étaient ainsi dérobés aux périls de la guerre, se sont étranglés, pour terminer leur opprobre. » (1)

Lorsque les guerriers barbares se virent réunis en nombre suffisant pour espérer de triompher de leurs ennemis qui présentaient à peine quelques faibles escadrons, ils se rangèrent en ordre à leur manière, ou plutôt ils offrirent le spectacle d'une confusion peu propre à assurer le succès. D'une part la cavalerie déploya son rideau mobile. Quelques chefs de castes, montés sur des coursiers noirs comme la nuit, balançaient en l'air leurs javelots; d'autres, sur des chevaux tachetés comme des tigres, brandissaient leurs sabres et cherchaient d'un regard menaçant les insolens chrétiens qui se permettaient d'insulter à leur culte. Là des fantassins d'une taille élevée, se

---

(1) De moribus German.

tenaient immobiles comme des tours et ne paraissaient attendre que l'ordre de l'attaque. Le gros
de l'armée, placé sur le penchant de la colline, ressemblait de loin à un mur, et sans les lances dont
les pointes faisaient jaillir des éclairs aux rayons
du soleil levant, on aurait pris cette masse d'hommes pour un seul corps, tant elle était serrée et
compacte.

Enfin le chef, le vaillant Horismond paraît. Lui
seul porte un casque surmonté d'une aigrette flot-
tante, dépouille enlevée aux chevaliers chrétiens.
Sa cuirasse, trophée également recueilli sur le
champ de bataille dans un combat précédent,
étincelle des feux de l'astre du jour. Un large bau-
drier suspend à son flanc un cimeterre sarrazin ;
sa selle est ornée d'ivoire ; il paraît fier d'étaler
de nouveau en ce jour ces objets témoins parlans
de son courage. On eût dit un Dieu au milieu d'un
peuple pauvre, tant l'éclat de ses armes, sa noble
contenance et une certaine majesté empreinte
dans ses traits contrastaient avec ce qui l'envi-
ronnait.

Comme ce peuple était fort attaché à la superstition, il n'entreprenait jamais rien sans consulter le ciel par le sort et les augures. Dès que
Horismond fut arrivé au milieu des siens, le grand
prêtre Kirwaïto, suivi de ses lévites, s'avança

gravement. Il tenait dans sa main une branche de pommier qu'il divisa en morceaux auxquels il mit des marques pour les reconnaître. Il les jeta ensuite pêle-mêle sur un tapis blanc étendu à terre aux coins duquel se trouvait placé un prêtre pour défendre l'opération contre les maléfices du Dieu des ténèbres. Il invoqua ensuite les dieux en poussant des cris étouffés, en se frappant la poitrine : puis tournant ses regards vers le ciel, il leva jusqu'à trois fois ces morceaux l'un après l'autre et dans l'ordre qu'ils se présentaient, et tira son interprétation de la coïncidence des marques qu'il y avait faites.

Cette fois on remarqua les auspices les plus favorables : Kirwaïto présenta les morceaux de pommier à Horismond qui fit éclater sa joie à la vue de ces heureux présages. On consulta ensuite le chant et le vol des oiseaux : mêmes signes de succès.

Mais pour confirmer ces présages et frapper jusqu'à l'évidence les yeux de la multitude, on amena les chevaux que l'état faisait nourrir dans les forêts. Quatre superbes coursiers d'une blancheur éclatante sont conduits au milieu de l'assemblée. On les attèle au char sacré. Kirwaïto les suit l'œil impatient et le cœur palpitant d'espérance. Les fiers animaux, qui ne servent jamais à aucun

usage profane, s'avançent avec assurance, secouent leur belle crinière, font retentir l'air de
leurs joyeux hennissemens, et se dirigent vers la
forêt sacrée où se trouve le chêne de Romové. A
leur approche l'armée se range sur deux ailes dans
un silence mystérieux pour les contempler. Jamais
on ne les avait vus plus dociles. Aussi cette dernière épreuve mit-elle le comble à la joie. Horismond donna le signal de l'approbation en levant
en l'air son large cimeterre. Aussitôt l'air retentit
de bruyantes acclamations; des trépignemens de
pieds, des battemens de mains, le son rauque de
leurs boucliers placés devant leur bouche pour
que leur voix, enflée par la répercussion, soit plus
terrible, annoncent les sentimens qui les animent.
Ah! si les chevaliers eussent été là dans ce moment d'enthousiasme, c'en eût été fait d'eux, le
désir de combattre ayant dégénéré en frénésie, et
tous ces guerriers assurés de la protection divine,
se croyant invincibles.

Horismond exprima devant toute l'armée le
bonheur qu'il ressentait à la vue de l'heureuse
issue des augures. Il témoigna à Kirwaïto sa vive
reconnaissance, le proclama l'ami des dieux, et
confirma tous les priviléges que dans d'autres
occasions il lui avait déjà accordés. Il lui promit
une grande part dans le butin qu'on allait faire

sur les chrétiens, et ces marques de respect con-
tribuèrent puissamment à relever encore la haute
idée qu'on avait déjà de la dignité de Kirwaïto.

Les prêtres jouissaient encore à cette époque
parmi ces peuples d'une très-grande considération,
quoique la lumière de l'Evangile eût cependant
déjà dissipé une partie du prestige qui les entou-
rait. Les prêtres avaient le droit de punir, de
frapper et de condamner à la prison. Ces châti-
mens étaient regardés comme infligés non par la
volonté de l'homme, mais par l'ordre du Dieu
qu'ils croyaient présider au sort des combats. Les
prêtres avaient le droit de porter à la guerre les
divinités ainsi que les enseignes qu'ils tenaient
renfermées dans les bois pendant la paix.

Cependant on vit tout-à-coup un ébranlement
général dans l'armée des barbares. Tous les regards
se portèrent sur une clairière de la forêt dans laquelle on aperçut une innombrable multitude de
lances s'agiter au milieu du feuillage verdoyant.
C'était une troupe d'auxiliaires qui venaient offrir
le secours de leurs bras à la nation menacée par
les chrétiens. On les reconnut à la dépouille des
ours, des veaux marins, des sangliers, des taureaux sauvages; de loin on les aurait pris pour
un troupeau de bêtes féroces. Cette peuplade, qui
habitait les bords de la mer Baltique, était redou-

tée dans tout le voisinage par son amour indomptable de la liberté, ses habitudes sanguinaires et ses instincts grossiers. Plusieurs milliers de combattans formant plutôt une famille qu'un corps d'armée, s'avançaient sans ordre; ils traînaient avec eux leurs femmes, leurs enfans, leurs parens glacés par l'âge. Dans la mêlée ils ne se séparaient pas de ces objets si chers à leurs cœurs; ils pouvaient entendre les cris de leurs épouses, les plaintes de leurs enfans, les reproches de leurs pères dont ils craignaient la censure, dont ils ambitionnaient les éloges. Ils allaient montrer leurs blessures à leurs mères et à leurs femmes, et celles-ci avaient le courage de les compter et de les panser, de porter de la nourriture et de donner des encouragemens à leurs maris.

Ces guerriers portaient une tunique courte et très-serrée autour du corps. Leur chevelure blonde, flottant en larges boucles sur les épaules et sur la poitrine, teinte quelquefois d'une liqueur rouge; leurs yeux vifs et perçans, respirant l'ardeur des combats; leur barbe qui ne descendait pas au-dessous du menton et qui donnait à leur bouche quelque ressemblance avec le mufle des dogues, leur imprimaient un air de terreur que secondaient merveilleusement leurs mouvemens brusques et leurs gestes menaçans. Les uns étaient armés de framées et de boucliers qu'ils agitaient comme une roue avec une étonnante rapidité; d'autres portaient des sabres et des angons, quelques-uns des massues armées de pointes de fer; leurs chefs ne se distinguaient que par leur ardeur martiale, leur taille plus élancée et leurs armes plus brillantes.

L'arrivée de ces guerriers produisit sur l'armée d'Horismond une impression difficile à décrire. Les deux corps fraternisèrent aussitôt ensemble, se servirent de la venaison toute fraîche, des fruits sauvages, du lait caillé et firent surtout circuler la liqueur faite avec de l'orge ou du blé qu'ils avaient fait fermenter et qu'ils conservaient dans des outres. Plusieurs jours s'écoulèrent ainsi dans l'attente des chrétiens, lorsqu'un des esclaves d'Horismond vint annoncer leur présence dans les environs du bois sacré et leur intention de détruire le chêne de Romové.

Cette nouvelle provoque à la fois le bonheur et la fureur dans l'âme des barbares. Horismond profita de ces dispositions, et fit lever le camp. Ce fut un spectacle assez curieux de voir cet assemblage bizarre de costumes, d'armes, d'hommes, de femmes, d'enfans, de vieillards, de chevaux, de bœufs, de chariots; se mouvant tout-à-coup comme par enchantement pour se porter au-devant

3..

des chrétiens. Les guerriers se formèrent en coin selon l'usage de leurs pères, et présentèrent ainsi leur triangle formidable à l'attaque des chevaliers. A la pointe de ce coin se trouvèrent les plus braves d'entre eux. Leur attitude fière et menaçante attestait qu'ils étaient disposés à vaincre ou à mourir pour leurs dieux et leur liberté.

Horismond, tout en se réservant le commandement suprême de cette armée, avait choisi plusieurs chefs parmi les plus vaillans, auxquels il donna les ordres les plus détaillés pour envelopper comme d'un réseau cette poignée de chrétiens assez téméraires pour se permettre de lui disputer l'espèce de royauté qu'il exerçait sur ces hordes barbares. Chacun de ces commandans subalternes avait réuni autour de lui quelques guerriers de sa famille, soit pour le soutenir dans le choc, soit pour périr avec eux.

Ils arrivent enfin en phalange serrée dans une vallée qu'ils passent sans encombre et sans rencontrer l'ennemi qu'ils cherchaient. Quoique leur marche n'eût été ni longue ni pénible, Horismond, sachant qu'il avait à combattre des hommes rompus dans la tactique militaire, féconds en ressources, habiles à tirer parti du moindre accident, et prompts à réparer leurs défaites, fait faire une halte dans une assez vaste plaine entourée d'un côté de mamelons escarpés, et de l'autre, baignée par la Vistule. L'armée profite de ce moment de repos pour prendre un peu de nourriture. Quelques éclaireurs sont détachés pour explorer les environs; deux d'entre eux reviennent une heure après, et annoncent que les ennemis, au nombre d'à peu-près trois mille, dont quatre cents chevaliers, et deux mille six cents fantassins polonais se préparaient à passer la Vistule et à fondre sur les alliés.

Aussitôt quelques chefs entourent Horismond et lui demandent la permission d'aller disputer le passage du fleuve aux chrétiens dont ils espèrent purger facilement le sol. Horismond se redresse sur son coursier, et promenant un regard tranquille sur cette masse de guerriers qui cherche à lire dans son regard le sort de la journée :

— « Non, dit-il d'une voix forte, nous ne nous abaisserons point jusqu'à aller disputer le passage du Fleuve à cette poignée d'insensés. C'est ici que nous les combattrons à la face du ciel. Les augures ne sont-ils pas pour nous? Qu'avons-nous à craindre? Demain le soleil éclairera le jour solennel de nos vengeances. »

Ces paroles sont accueillies avec enthousiasme; chacun y voit le présage de la victoire du lendemain. L'armée fait aussitôt ses dispositions pour

camper dans ce lieu même. Le coin formidable se
rompt en ordre ; les femmes, les enfans, les vieillards, les bagages prennent place derrière cet es-
saim de guerriers, le camp qu'ils forment ressemble à un marché où tout est confondu ; un tumulte
effroyable succède au silence qui avait régné jusqu'alors ; de nombreux gardes sont postés partout dans la crainte d'une surprise, lorsqu'on voit
arriver tout-à-coup à franc-étrier, deux chevaliers
chrétiens portant dans leurs mains des branches
de chêne, et se dirigeant vers le gros de l'armée;
ce sont des hérauts venant faire quelques propositions, ils sont conduits à Horismond qui les reçoit
avec une froide indifférence.

— « Nous venons, dit l'un d'eux, au nom de
notre grand-maître Hermann de Saltza, vous apporter des paroles de paix et de conciliation. Le
duc Conrad de Cazovie nous a appelés à son secours, pour l'aider à châtier vos peuples qui se
permettent de continuelles irruptions sur ses terres. Notre illustre chef a voulu tenter d'abord la
voie des négociations avant d'en venir aux armes.
Il voudrait faire avec vous une paix glorieuse, et
vous proposer de renoncer aux vaines idoles que
vous adorez, pour reconnaître le seul vrai Dieu
du ciel et de la terre. Il voudrait..... »

— « Allez dire à votre maître, répondit Horismond, en interrompant brusquement le chevalier, que nous n'avons rien à démêler avec lui ; quant au duc de Cazovie, s'il a quelque châtiment à infliger aux peuples de ces contrées, nous sommes prêts à le recevoir, demain dans cette même plaine. Les dieux que nous adorons sont assez puissans pour nous défendre contre ses entreprises; ils ne nous ont fait que du bien, pourquoi les abandonnerions-nous? »

Il tira aussitôt son cimeterre du fourreau, et en frappa trois fois la terre. Les deux chevaliers furent sur le champ éloignés et reconduits sous bonne escorte vers la Vistule, que la petite armée de Hermann venait de traverser.

Telle fut l'issue de la négociation sur laquelle ce dernier avait fondé quelques espérances, mais que rompit le fier Horismond, comptant sur le sort des armes plutôt que sur les paroles de conciliation des chrétiens.

Tout fut donc préparé pour le combat du lendemain ; tout annonça que la mêlée serait sanglante : Horismond était décidé à frapper un coup décisif, tant pour ôter au duc de Cazovie l'envie de l'attaquer de nouveau, que pour venger son vieux père et son épouse qui avaient péri dans des combats précédens.

Cependant on agita dans le camp de Hermann

la question si on ne profiterait pas des ténèbres de la nuit, pour tomber sur l'armée des barbares. Cette entreprise offrait de graves difficultés non-seulement à cause du nombre de ces derniers qu'on évaluait à vingt-mille guerriers, qu'à cause des dispositions de leur camp autour duquel on plaçait au moment même des chariots, des arbres, des claies, ce qui empêchait la cavalerie, la principale ressource des chrétiens, d'agir avec avantage.

Sur le soir, on alluma des deux côtés des feux nombreux, les deux corps s'observèrent mutuellement, un silence magique régna pendant toute la nuit, et on n'entendait que le frémissement des feuilles agitées par la brise.

A peine l'aube eût-elle blanchi l'Orient, que les soldats de Hermann reprirent les armes et leurs rangs. Par ordre de ce pieux chef, un autel avait été dressé sur un tertre verdoyant. Un prêtre y célébra les divins mystères; une foule de braves alla recevoir de ses mains le pain sacré. Hélas! il devait être pour beaucoup d'entre eux le dernier viatique. Muni des forces célestes, ces guerriers, dont la plupart avaient déjà affronté le sort des batailles, sous le ciel brûlant de la Syrie, allaient de nouveau combattre les infidèles, pour gagner au prix de leur sang, des âmes rebelles jusqu'alors à l'appel du divin pasteur.

Le camp des infidèles présente un aspect beaucoup plus animé. Là c'était le calme, la raison, la foi, la piété, la confiance en Dieu; ici c'est la fureur, la frénésie, le délire; une sauvage impatience d'en venir aux mains avec ces chrétiens, regardés en même-temps comme ennemis des dieux et de la patrie commune. Les barbares invoquent aussi leurs dieux, leur immolent des victimes, entonnent des cantiques en leur honneur, haussent et baissent leurs boucliers qu'ils frappent à chaque refrain, puis forment ce coin formidable, présentant ainsi une triple ligne de framées.

Les chrétiens s'avancent enfin en bon ordre. C'est un faible troupeau qui va se mesurer avec des tigres altérés de leur sang. Au centre de leur bataillon flotte l'étendard sacré sur lequel brille, dans un disque radieux, l'image de leur patronne chérie, de l'auguste Vierge mère, la protectrice des combattans, l'étoile du salut. Arrivé à la portée du trait, Hermann fait arrêter les siens. Il contemple d'un œil avide cette nuée de barbares protégés par leurs retranchemens. Il hésite! il examine! il voudrait se précipiter sur cette masse compacte, mais il reconnaît que ce serait s'exposer à une perte certaine, que d'attaquer ce camp, dont la défense serait tout à l'avantage de l'ennemi. Il se contente donc de se porter à la face des barbares, espérant que ce défi les provoquerait au combat. Et il ne se trompe point.

Horismond l'a compris, quoique son camp pût le protéger contre l'attaque, il rougit de rester ainsi dans l'inaction devant une poignée d'ennemis qui le provoquent, et donne l'ordre d'écarter les remparts mobiles qui le séparent d'eux. A cette vue, les barbares poussent un cri sauvage : on eût dit des lions rugissans prêts à fondre sur leur proie. Dans le moment le soleil, s'échappant d'un nuage d'or, verse sa lumière sur les deux armées, la terre paraît s'armer sous le feu des lances et des casques, les mains frémissent sur les épées, la rage s'empare des cœurs, les yeux respirent le sang, les chevaux saluent cet instant solennel de leurs hennissemens répétés, élèvent leurs nazeaux brûlans, secouent leur crinière et semblent demander le combat. La mêlée commence.

La foudre s'échappe avec moins de fracas du sein des nuages, que n'en produit ce premier choc des assaillans. Les barbares auxiliaires se ruent avec une impétuosité féroce, sur les Chrétiens. Ceux-ci les reçoivent avec une rare intrépidité, et les repoussent avec perte. Furieux de ce premier échec, Horismond fait avancer le coin auquel il avait donné les ordres les plus sévères de ne point se rompre. Mais les chrétiens, animés par leur premier succès, se jettent sur les deux lignes de ce triangle, et font un grand carnage de ces guerriers. Hermann, à la tête de son brillant escadron, les charge à son tour. Semblable à un Dieu, il frappe, renverse tout ce qui s'oppose à son passage. Il entame d'un côté la phalange, et porte la terreur bien avant dans cette masse compacte, qui, gênée dans ses mouvemens, reçoit la mort plutôt qu'elle ne la donne. Transportés de rage à la vue des blessures qu'ils reçoivent, les barbares brisent les traits qu'on leur lance, se roulent par terre et se débattent en poussant d'affreux hurlemens dans les angoisses de la douleur.

La mêlée s'échauffe de plus en plus, le sang coule par torrent, un tourbillon de poussière s'élève et couvre la plaine. Les épées volent en éclats, les framées sont brisées, les boucliers fendus, les casques abattus, la mort plane partout sur ce champ de carnage.

Horismond frémit, le doute s'empare de son âme, mais son courage grandit à mesure que le danger des siens augmente : lui aussi paraît se multiplier. Soldat et général, dans cette mémorable journée, il combat tout en donnant des ordres, il ranime partout les combattans, menace de sa redoutable épée les lâches, fait enlever les blessés, et pourvoit à tout.

Le carnage dure depuis plusieurs heures , et la victoire flotte encore incertaine. Aucun des deux partis ne veut céder l'honneur de cette journée à l'autre. Les chrétiens, quoique bien inférieurs aux barbares, suppléent au nombre par leur bravoure et leur habile tactique ; les païens au contraire, opposant sans cesse de nouveaux guerriers à ceux que la mort avait déjà moissonnés, disputent pied à pied le terrain sur lequel les premiers cherchent à s'établir. Cependant, malgré leurs efforts, malgré leur nombre, ils se voient repoussés sur plusieurs points ; car , après des prodiges de valeur, Hermann est parvenu à enfoncer le formidable coin dans lequel les barbares avaient mis toute leur espérance. Ses chevaliers le secondent à merveille et font des ravages épouvantables dans les rangs ennemis.

Alors se présente un spectacle nouveau. Les femmes des barbares s'élancent des retranchemens où elles étaient confinées et viennent, remplissant l'air de cris déchirans, se jeter au-devant de leurs époux et de leurs frères, pour les empêcher de prendre la fuite, et les forcer de retourner au combat. La vue de ces êtres chéris ranime le courage défaillant des barbares ; chaque parole que leur adressent ces femmes, est un trait qui perce leurs cœurs ; honteux de s'être laissés dé-

courager, ils recommencent le combat avec une
fureur qui tient du désespoir, achèvent de rompre le triangle désormais inutile, enveloppent les
chrétiens de toutes parts, et effacent par une attaque exécutée avec une brillante valeur, la honte
d'une défaite presque certaine.

Ici voilons nos regards. Epuisés par un combat
soutenu long-temps avec la plus rare intrépidité,
les héros chrétiens, assaillis par le nombre, suc-
combent à leur tour. En vain essaient-ils de se
railler autour de leurs chefs, en vain ceux-ci font-
ils entendre leurs voix, tout est inutile; plus
d'ordre, plus de rangs, tout est confondu; les
femmes elles-mêmes ramassent les javelots et les
lancent sur les chrétiens. Bientôt ces derniers,
repoussés de toutes parts, jonchent à leur tour le
champ de bataille de leurs morts et de leurs blessés. La plupart des chevaliers sont mis hors de
combat, Hermann lui-même tombe atteint par
plusieurs traits à la fois, sa chute entraîne la défaite totale des chrétiens, dont à peine quelques-
uns parviennent à se dérober par la fuite à la
mort qui les attendait.

III

LE PRISONNIER.

Ce combat meurtrier n'épuisa pas seulement les forces de l'Ordre Teutonique , mais porta un rude coup aux vainqueurs eux-mêmes, de sorte qu'ils n'eurent pas à se féliciter de leur victoire. Lorsque Horismond , dégouttant de sang , et appuyé sur son cimeterre, s'arrêta sur cet horrible champ de carnage , il ne put s'empêcher de déplorer la fureur des guerres , surtout lorsqu'il vit le grand nombre des siens qui avaient succombé dans cette lutte si inégale et pourtant si glorieuse pour les vaincus. Pendant qu'il laissait ainsi errer ses sombres regards sur ces monceaux de cadavres gisant pêle-mêle au milieu des débris d'armes de toute espèce, il lui sembla voir un chevalier chrétien relever la tête. Il se dirigea vers lui et reconnut qu'en effet ce guerrier vivait encore. Dans sa haine contre tout ce qui portait le nom chrétien, il étouffa tout sentiment de la nature, tira son cimeterre du fourreau et en déchargea un terrible coup sur le malheureux blessé. Mais l'acier qui l'avait merveilleusement secondé toute la journée, se brisa contre la cuirasse du chevalier, ce qui indigna Horismond au point qu'il jeta loin de lui l'arme qui avait si mal répondu à son attente. Il y ajouta quelques blasphèmes contre le divin auteur du christianisme.

Au même instant, un des prêtres de Romové s'approcha de lui et le pria de lui abandonner ce chrétien encore vivant; « car, disait-il, ce coup que vous venez de manquer paraît avoir été conduit par la main invisible de Perkunas et annonce que ce dieu désire qu'on lui immole ce prisonnier dans la forêt sainte, ce qui est aussi le vœu de Kirwaïto, qui veut ainsi prouver sa reconnaissance au suprême bienfaiteur dont la main toute-puissante vous a donné la victoire sur vos ennemis. »

Horismond accéda au désir du prêtre et ordonna à deux de ses esclaves de transporter sur-le-champ le chevalier blessé au bocage sacré pour qu'on eût soin de lui. Cette victime, destinée à être immolée sur les autels de la superstition, était Hermann de Saltza, le grand-maître des Chevaliers de l'Ordre Teutonique.

Trois jours après cette mémorable bataille, Kirwaïto annonça une fête solennelle en l'honneur du Soleil pour lui rendre grâces de la victoire éclatante qu'il leur avait accordée sur les chrétiens. Cette fête devait avoir lieu avec un éclat extraordinaire ; car ces peuples croyaient avoir exterminé à jamais l'Ordre Teutonique et avec lui le nom chrétien : le sacrifice du prisonnier allait en rehausser l'éclat. Malgré le deuil que la mort de tant de victimes tombées sous le fer des soldats du Christ venait de répandre dans les familles, la joie fut universelle lorsqu'on apprit la nouvelle de la célébration de cette grande fête.

Ces peuples du nord avaient conservé l'usage autrefois généralement répandu en Allemagne de confier aux femmes le soin des malades. Celles-ci s'occupaient donc de la pratique de la médecine et des opérations de chirurgie, préparaient les simples, les baumes et autres médicamens nécessaires pour les usages journaliers de la vie. Her-

mann fut donc confié à quelques-unes de ces femmes auxquelles Horismond recommanda de le
bien traiter, afin de le conserver en vie pour le jour
de la célébration de la fête du Soleil auquel le prisonnier devait être offert en holocauste.

A la tête de ces femmes versées dans l'art de
guérir se trouvait la jeune Lomjra, l'épouse d'Horismond depuis quelques mois. Elle se rendit sur-
le-champ auprès du chevalier chrétien, examina
ses blessures et y fit couler de ses propres mains
une liqueur d'une vertu éprouvée; puis elle
y appliqua des bandages, essuya le sang et attendit avec anxiété l'effet de ses soins empressés.

Elle ne fut point trompée dans son attente; car
quelques heures après, l'état du malade devint
plus satisfaisant, la respiration plus libre, Hermann ouvrit les yeux et vit à ses côtés Lomjra qui
paraissait heureuse de l'effet de ses soins.

— Je vis encore! dit le grand-maître, et c'est
sans doute à vous, âme généreuse, que je dois
ma conservation!

— Oui, vous vivez, noble chevalier, vous
êtes au château de Honéda où je vous ai fait
transporter.

Le nom de Honéda fit une pénible impression
sur Hermann. Il se trouvait donc au pouvoir
d'Horismond, de l'ennemi implacable du nom

chrétien et de l'Ordre Teutonique en particulier ;
dès-lors il put prévoir le sort qui l'attendait.

—Je ne reviens donc à la vie, reprit Hermann, que pour fermer bientôt et à jamais
mes yeux à la lumière , n'en est-il pas ainsi?

— Je voudrais pouvoir verser dans votre âme
quelques paroles de consolation ; mais vous êtes
un de ces redoutables chevaliers qui ont menacé
notre liberté et notre religion , qui ont troublé la
paix de ces contrées. Vous êtes venu provoquer ,
par votre attaque, la haine de nos peuples , et
vous êtes maintenant au pouvoir de nos prêtres
que vous voulûtes anéantir par vos armes et votre
croix.

— Nous sommes venus , dans le principe, le
symbole de la paix à la main , vous nous avez in-
sultés et honteusement chassés de vos frontières.
Appelés par le duc de Cazovie , nous nous sommes présentés en armes , il est vrai , mais toujours dans l'intention de vous tirer de l'erreur
dans laquelle vous êtes plongés. Nous sommes
venus comme le médecin pour vous guérir, comme le jardinier pour émonder l'arbre de ses branches parasites ; nous n'y avons pas réussi, mais
nous ne vous en aimons pas moins , et tôt ou
tard vous reconnaîtrez la droiture de nos intentions et vous rendrez hommage à la vérité que

4

vous méconnaissez encore : d'autres peuples,
bien plus fameux que vous, ont subi le joug de
la foi chrétienne. Voyez ces Grecs, ces Romains,
ces Gaulois, ces braves Francs, ces vaillans Germains, ces redoutables Saxons, et que de nations
encore qui ont embrassé la religion de Jésus-
Christ ! Pourquoi donc un petit peuple comme
vous se montrerait-il rebelle à une autorité si
hautement proclamée comme la vérité manifes-
tée par le ciel même? Tous les hommes supérieurs,
depuis tant de siècles, ont vu dans le christianisme la boussole des intelligences, la lumière de l'esprit, le guide du cœur et l'ancre du salut des
mortels aveuglés par les passions ! »

— Je plains votre sort, noble chevalier ! votre
foi vous perdra.

— N'importe ! en prenant la croix, j'ai juré de
défendre cette foi auguste et de répandre mon
sang pour elle. Voilà quinze ans que je milite sous
la bannière de la croix, je ne trahirai pas cette
noble cause maintenant qu'il s'agit de lui donner
une nouvelle preuve d'attachement.

— Soyez des nôtres — et je vous sauverai.
Renoncez à votre religion, reconnaissez nos dieux
et il ne vous arrivera aucun malheur.

— Je ne reconnais qu'un seul Dieu tout-
puissant, éternel, bon, clément, miséricordieux,

et je ne me dégraderai jamais jusqu'au **point d'a-dorer des êtres chimériques**, êtres enfantés. par l'imagination des anciens poètes ou suggérés aux hommes par la malice du démon. Tout homme sensé rougirait d'abandonner la voie de la vérité pour aller se prosterner devant de villes idoles. La mort ne m'effraie point. Un ancien romain disait : « Qu'il était doux et glorieux de mourir pour la patrie » ; le chrétien dit avec un des hérauts évangéliques : «Jésus est ma vie, et la mort est un gain pour moi. » (1)...

— Vous voulez donc mourir? périr d'une mort inévitable? vous, jeune et illustre guerrier ! vous voulez mourir d'une mort obscure, fruit de votre opiniâtreté, tandis qu'une seule parole, prononcée ostensiblement et sans intention, un mensonge officieux enfin, pourrait vous préserver du trépas !

— A ce prix je ne voudrais ni ne pourrais vivre. Les lèvres du chrétien, consacrées à la vérité, ne doivent jamais se souiller d'un mensonge ; malheur à celui qui oublie ces graves paroles

(1) Epître de S. Paul aux Philippiens , 1, 21.

prononcées par la vérité éternelle : — « *Tu fui-ras le mensonge.* (1).

— Vous vivrez ! vous ferez ce mensonge. Je le veux , je vous l'ordonne. Sachez que je suis la princesse de ces lieux , l'épouse du puissant Horismond et qu'il m'est loisible de vous faire mourir ou de vous accorder la vie. N'abusez donc point de ma patience , ne rejetez point l'offre que je vous fais de vous sauver. Je devrais vous haïr comme l'ennemi de mon peuple , mais je ne sais ce qui m'attire ; je ne conçois pas l'intérêt que je vous porte. Dites-moi, noble chevalier , ne sentez-vous pas votre cœur battre pour de grandes actions ?

— Et pourquoi pas, si elles peuvent être agréables à Dieu et utiles à la religion que je défends.

— Mais pourquoi adresserai-je toutes ces questions à un homme comme vous ? J'espère que demain , après avoir fait de mûres réflexions, vous vous rengerez de mon côté, vous reconnaîtrez le vif intérêt que je vous porte, et que vous vous

_____

(1) **Exode**, 23 , 7.

prêterez à faire le mensonge que je vous demande. Je vais, en attendant, prendre mes dispositions
et faire détruire le bûcher sur lequel vous êtes
condamné à exhaler votre vie si chère.

Après ces paroles, elle s'éloigna sans faire attention aux observations de Hermann, et se dirigea
vers le bocage sacré où était située la grotte spa-
cieuse de Kirwaïto.

Quelques heures après le grand-prêtre, suivi
de plusieurs de ses ministres, se présenta lui-
même chez Hermann, tant pour s'assurer de la
vérité de ce que Lomjra lui avait dit concernant
les intentions manifestées par lui d'abjurer la
religion chrétienne, que pour le réconcilier avec
les dieux protecteurs du pays, conformément aux
désirs exprimés par l'épouse d'Horismond. Il portait dans ses mains un bassin d'ambre jaune et
des ciseaux. Le premier devait servir à recevoir
le sang qu'on allait tirer d'une des veines du prisonnier pour en arroser, d'une manière mystérieuse, la statue de Perkunas ; les derniers à cou-
per les cheveux de Hermann et à être brûlés à sa
place sur l'autel de l'holocauste.

Lomjra, qui accompagnait les prêtres, se plaça
derrière eux en face du chevalier, pour pouvoir
plus facilement correspondre avec lui par des signes. Elle comptait, en quelque sorte, sur un

4.

changement de ses dispositions , mais ne put cependant se défendre d'une certaine crainte en se rappelant la conversation qu'elle venait d'avoir avec lui. Elle lui fit en effet signe de la tête pour lui faire comprendre ce qu'elle désirait qu'il fît.

Hermann comprit ce dont il s'agissait , et reconnut le stratagème de Lomjra ; mais, pour dissiper tous les doutes sur ses véritables intentions , il demanda à parler, et déclara sans détour qu'il était décidé à rester fidèle à la foi de Jésus-Christ , que jamais il n'adorerait les dieux qu'on voulait lui faire adorer, et qu'il était prêt à verser tout son sang et à souffrir tous les tourmens pour attester la vérité de cette auguste religion.

Cette déclaration frappa d'étonnement Kirwaïto et ses prêtres. Muets de surprise , ils se regardèrent ne sachant que penser de tout cela et voyant ainsi détruites toutes les espérances qu'ils avaient conçues sur la conversion du chevalier. Lomjra était là, pâle, tremblante, furieuse d'avoir échouée dans sa tentative et ne pouvant articuler une seule parole.

Hermann était perdu , et cela , d'autant plus , qu'il venait de donner un démenti solennel à la puissante princesse Lomjra, et d'ajouter au refus de se convertir au paganisme celui d'avoir professé des blasphèmes contre les dieux du pays. A un signe donné par Kirwaïto, le prisonnier fut tiré du local qu'il occupait et conduit dans une sombre grotte du bois sacré pour être abandonné aux prêtres et immolé au Soleil lors de la célébration de la grande fête. Hermann les suivit comme une victime dévouée au supplice, mais il ne fit paraître aucun abattement et marcha d'un pas assuré vers l'endroit désigné. Lomjra, au contraire, se traîna lentement au château où son arrivée répandit la consternation parmi les femmes qui étaient à son service. Ses traits étaient altérés, des larmes avaient brillé dans ses yeux, son abattement, sa tristesse annonçaient l'anxiété de son âme. Horismond la pressa de questions, mais elle ne lui répondit point et se rendit dans ses appartemens. Habitué à ces boutades de son épouse, ce prince ne fit plus attention à elle pour ne point s'exposer à de nouveaux refus ; mais il envoya la jeune Yulinka, qu'il avait eue d'un premier mariage, dans les appartemens de Lomjra, pour lui donner des soins au cas où elle en eût besoin. Cette aimable enfant s'y rendit aussitôt, mais elle trouva les portes fermées, et, malgré ses demandes et ses instances, Lomjra ne voulut pas les lui ouvrir. Le frère de Lomjra, Stribor, un des chefs de l'armée d'Horismond, s'y rendit de même et ne fut pas plus heureux. Il eut beau frapper, conjurer sa sœur de lui exposer le sujet de son chagrin, Lomjra n'en fit rien et resta enfermée toute la journée et même la nuit suivante, ne pouvant se résoudre à initier qui que ce fût dans le terrible secret qu'elle concentra ainsi en elle-même.

Le jour de la fête luisit enfin. Kirwaïto, revêtu de ses ornemens de grand-prêtre, se rendit à la pointe du jour sur la colline voisine du chêne de Romové, l'œil tourné vers l'Orient pour saluer le premier rayon du soleil perçant l'épaisseur du feuillage verdoyant. Mais l'astre du jour n'apparut sur l'horison que couvert de sombres nuages, ce qui fut pour les prêtres un sujet d'épouvante et de terreur.

— Dieu de lumières ! s'écrièrent-ils d'une voix entrecoupée de sanglots, daigne verser sur nous tes flots d'or ! Montre-nous ta face auguste ! Sors de ta sainte demeure, écarte ces voiles noirs qui couvrent ta tête divine, et viens réjouir, par ta présence, tes enfans chéris !

Mais le dieu paraît sourd à ces prières ; car loin d'y accéder, il se cache de plus en plus et dérobe à ceux qui l'invoquent sa douce clarté.

A l'aspect de ces nuages qui enveloppent, comme d'un voile impénétrale, le flambeau du jour, les prêtres deviennent inconsolables. Ils s'arrachent les cheveux de désespoir, se frappent la poitrine et profèrent toutes sortes d'imprécations contre cette horrible mer de nuages qui les prive de la lumière de leur Dieu. À l'heure de midi ils recommencent leurs lamentations et leurs prières, et vont se placer autour du chêne sacré. Une foule de peuple entoure l'arbre vénéré. Kirwaïto enlace de ses bras la statue de Perkunas, lui promet les plus riches offrandes et le conjure lui, le dieu suprême, d'apaiser le dieu des ténèbres pour qu'il dissipe les sombres nuages. Il le prie de jeter un regard favorable sur ses enfans ainsi que sur la victime, le prisonnier chrétien, qu'on est prêt à lui immoler. Il reste long-temps à genoux, conjurant le dieu, puis se lève, fait vingt fois le tour de l'arbre, renouvelant ses instances, essuyant la sueur qui ruisselait de son front, mais tout est inutile.

Cependant les nuages s'étaient amoncelés de plus en plus sur le bois sacré, le tonnerre gronda, de larges éclairs sillonnaient les airs, une pluie battante tomba tout-à-coup, éteignit le feu allumé pour le sacrifice; et plus la confusion augmenta dans la nature, plus augmenta aussi l'anxiété des prêtres. Espérant fléchir le courroux de leur dieu, ceux-ci entonnent en chœur leurs plus célèbres cantiques, moyen qu'ils regardent comme infaillible ; mais la tourmente va toujours en croissant et paraît se jouer de leurs supplications. Kirwaïto est épuisé et va s'asseoir au pied de la statue de Perkunas pour se reposer quelques momens. Les autres prêtres continuent leurs cérémonies, lorsqu'un bruit épouvantable se fait entendre tout-à-coup. La foudre se détache avec un horrible fracas et tombe sur le chêne de Romové qu'il fait voler en éclats, brisant en même temps et la statue de Perkunas et les vases des sacrifices, tuant Kirwaïto et la plupart des ministres qui se trouvaient rangés sous l'arbre et laissant tous les assistans dans les angoisses de la mort.

Horismond lui-même, le seul qui conserve sa présence d'esprit au milieu de cette scène terrible, est là immobile et pensif, ne pouvant se rendre compte de ce qui venait de se passer sous ses yeux. Il rapproche dans ses souvenirs ce fatal événement de la faveur que les dieux lui avaient accordée trois jours auparavant en l'assistant dans la guerre contre les chrétiens ; il croit y entrevoir, ou la colère d'un dieu ennemi de Perkunas, ou un maléfice de ce prisonnier chrétien languissant dans une grotte voisine. Son esprit flotte dans une cruelle incertitude, et, pour la première fois, le doute entre dans son âme. Ah ! si Hermann eut été libre, s'il eut pu briser ses chaînes, parler de la sainteté du christianisme, faire briller aux yeux du chef païen les preuves sur lesquelles s'appuie la foi de l'évangile, nul doute qu'il n'eût ébranlé les convictions d'Horismond ; mais ce bonheur lui est refusé ; il ignore même ce qui se passe et s'attend d'un moment à l'autre à être immolé à la froide barbarie de ces peuples superstitieux.

A la vue de l'arbre mis en pièces, de Kirwaïto et de ses ministres étendus sans vie sur la terre, de ces torrens d'eau qui tombaient sur le bois sacré, de cette foudre qui continue à éclairer les ténèbres de la forêt, le peuple s'enfuit épouvanté. Une terrible grêle, maltraitant les hommes et les animaux, ajoute encore à l'horreur de ce moment ; des cris, des hurlemens, le beuglement des taureaux, la confusion à son comble, la crainte d'avoir mécontenté les dieux, le désespoir, voilà l'image que présente le bocage, naguère encore favori des dieux et maintenant lieu de réprobation.

Horismond, en proie à la plus violente agitation, contemple ces débris, ces victimes, ce grand-prêtre, cet autel renversé, cette statue brisée ; il déplore la mort du vénérable Kirwaïto, il prévoit la funeste impression que ces marques du courroux céleste vont faire sur la nation entière, et son effroi augmente. Il ne pense plus au chevalier chrétien qui, étendu dans son cachot, prie pour ceux qui devaient le frapper et dont la puissance est anéantie. Il s'occupe des moyens de rassurer sa nation, mais comment y parvenir? Un nouvel ennemi se présente.

Les prêtres de ces peuples étaient divisés en autant de castes ou de classes qu'on comptait de dieux. Depuis long-temps ils étaient jaloux les uns des autres, et le germe de la haine qu'ils s'étaient vouée mutuellement n'avait besoin que d'une faible étincelle pour produire un vaste incendie. L'orage qui s'apaisait insensiblement dans l'atmosphère, commença à gronder dans les esprits et présagea des effets terribles.

Les Perkunites réclamaient hautement la remise de la fête à un jour plus opportun, leur dieu étant détruit et leur grand-prêtre tué.

Les Pikullites, occupant le premier rang après ces derniers, voulaient que la solennité fut célébrée sur-le-champ devant la statue de leur dieu, quoique cette image eût aussi souffert des ravages de la foudre; la statue de Potrympus, au contraire, était restée intacte, mais le nombre de ses adorateurs et de ses prêtres étaient bien inférieur à celui des autres classes. Les adorateurs de Polus élurent sur-le-champ un grand-prêtre pour remplacer Kirwaïto et mirent la statue de ce dieu sur le piédestal de Perkunas, parce que le peuple, qui était revenu après la tourmente, demandait un choix prompt et la continuation de la fête.

Ces prétentions occasionèrent de vifs débats, qui bientôt dégénérèrent en menaces, en blasphèmes et en imprécations, et si l'on avait eu des armes, cette journée, consacrée aux rites religieux, aurait vu couler le sang. Le soleil se coucha bientôt après. Ce fut là le moment où ces barbares, profitant des ténèbres de la nuit, se livraient à des danses indécentes, à des festins auxquels présidaient l'intempérance et tous les excès qu'elle entraîne.

La nuit fut employée non à rapprocher mais à diviser les esprits. Horismond, qui avait cru devoir se déclarer pour les Perkunites, dont les droits lui paraissaient incontestables, causa, sans y penser, une conflagration générale. Toutes les autres firent un pacte entre elles contre les Perkunites et prirent les armes sous la conduite de Czarskoy, homme rusé, qui leur promit une victoire facile.

Le lendemain, l'aurore trouva les deux partis sous les armes. Un combat meurtrier s'engagea. Horismond, fidèle à ses engagemens, se mit à la tête des siens, et l'on vit alors se reproduire un de ces spectacles hideux dont malheureusement l'histoire offre plus d'un exemple, la guerre civile accompagnée de toutes les horreurs. Le père combattit contre le fils, le fils contre le père, le frère contre le frère, selon qu'ils appartenaient à telle ou telle caste. Les femmes mêmes partagèrent cette fureur, et leur sang se mêla à celui de leurs époux contre leurs pères et leurs frères.

Czarskoy déploya la bravoure du lion dans cette guerre atroce, mais soit inexpérience dans le métier des armes, soit manque de courage dans ceux dont il avait épousé le parti, il fut forcé de battre en retraite devant Horismond et refoulé dans un bois où il se défendit jusqu'à la nuit, pour de là se réfugier avec ses guerriers démoralisés sur les frontières de Samland où régnait le puissant prince Culmanow.

Hermann put être témoin d'une partie de cette scène sanglante dont il ignorait la cause; car, quoiqu'il fût lié dans son cachot, il put cependant se traîner avec mille efforts à la petite ouverture de la grotte d'où il contempla ce massacre. Il frémit à la vue de cette fureur destructive, et plaignit dans son cœur ce peuple malheureux qui repoussait l'évangile et ses bienfaits.

A peine les combattans se furent-ils éloignés, qu'il vit arriver de tout côté des gens sans aveu qui se mirent à piller tout ce qui présentait quelque valeur. Ils n'épargnèrent pas même les statues des dieux, dépouillèrent ceux qui étaient tombés dans la mêlée, enlevèrent les vases des sacrifices ainsi que les taureaux qui devaient être immolés. Il fut singulièrement surpris de se voir oublié, s'attendant à tout moment à être égorgé ; mais il fallait à ces barbares d'autres victimes; et, en effet, après avoir tout pillé, les voleurs se prirent de querelle entre eux, ne pouvant s'accorder au sujet du partage du butin.

Hermann adressa du fond de son cœur une fervente prière au Seigneur pour la conversion de ces infidèles, s'offrant à mourir victime pour eux, lorsqu'il fut interrompu tout-à-coup par les pas de quelques personnes se dirigeant vers sa grotte. La porte s'ouvrit. Une femme lui dit à voix basse :

— Ne craignez rien et taisez-vous. Aussitôt on lui banda les yeux, quatre robustes bras l'enlevèrent. Il fut porté à une assez grande distance de là et enfin déposé dans un sombre cachot.

IV.

LA TENTATION.

LORSQUE Hermann fut arrivé dans ce nouveau réduit, on le débarrassa de ses liens et on lui ôta le bandeau qui couvrait ses yeux , et il se vit seul avec Lomjra secouant une torche de résine qui éclaira bientôt le cachot. L'épouse d'Horismond alla s'asseoir sur le banc de pierre et lui fit signe de s'asseoir aussi.

— Quelles sont vos intentions sur moi, lui dit Hermann ? Faut-il vous témoigner de la reconnaissance de m'avoir sauvé la vie, ou faut-il déplorer ce bienfait d'exister encore, moi qui m'attendais à mourir de la mort des martyrs et d'aller jouir au ciel de la couronne des élus ? »

— Sachez, noble chevalier, répondit Lomjra d'un ton solennel, que tout ce qui se passe avec nous deux, n'arrive que par une permission spéciale de la *Providence*. Ce mot de *Providence* vous choque peut-être dans la bouche d'une femme païenne ! Ecoutez-moi jusqu'au bout, et jugez.

— Depuis le premier moment où je vous vis, vous m'apparûtes comme un être dont mes pensées poursuivaient depuis long-temps la réalité; en vous contemplant, je reconnus que c'était vous que le ciel destinait à faire mon bonheur. Mais ne craignez rien ! les sentimens que je nourris pour vous ne sont point ceux que vous pourriez supposer, non; d'autres motifs m'inspirent la démarche que je fais auprès de vous. Veuillez donc m'écouter, avoir pitié de moi et me guider par vos conseils. Je vais vous ouvrir mon cœur, et j'espère qu'après vous avoir touché, vous m'aiderez à réaliser le plan que j'ai conçu.

Hermann, réconcilié un peu avec elle, lui dit qu'il était disposé à l'entendre, et elle reprit les larmes aux yeux.

— Ce pays sauvage que j'habite n'est point une patrie, je n'ai point reçu le jour au milieu de cette nation grossière; la stupide idolâtrie n'est point le culte de mes pères. Je naquis dans un climat plus doux, vers le sud, où ce fleuve prend sa source, et peut-être dans les environs de votre propre patrie. Mon père, un riche négociant, vivait heureux avec sa famille, chéri et estimé de tout le monde, lorsque ces barbares vinrent un jour fondre sur nous pour satisfaire leur penchant au pillage. Mon père, qui voulait s'opposer à leur fureur, tomba sous leurs coups ainsi que ma tendre mère et le plus jeune de mes frères. Le plus âgé, Stribor, qui commande aujourd'hui une partie des troupes d'Horismond, ainsi que moi, nous fûmes entraînés en esclavage, tous nos biens devinrent la proie de ces gens féroces. J'avais alors quatre ans, et mon frère, Stribor, en comptait huit. J'ignore si ce fut à un sentiment de compassion de la part d'Horismond ou à l'espérance d'une forte rançon, que nous dûmes la conservation de la vie mon frère et moi; mais ce qui est certain, c'est le bon accueil que je reçus de sa première femme, Wrala, qui me fit d'abord élever avec ses esclaves pour me rapprocher plus tard de sa personne et me donner même le premier rang parmi les femmes de sa suite. Mon frère, Stribor, fut aussi très-bien traité dans la maison du prêtre Czarskoy, qui l'initia aussitôt au culte du dieu dont il était le ministre, en cherchant à effacer de sa mémoire tous les souvenirs lui rappelant la foi de ses pères.

» L'enfant possédait assez d'esprit et une pénétration au-dessus de son âge pour juger convenablement de l'état des choses. Il feignit extérieurement un grand amour, un vif attachement pour l'idolâtrie qu'il détestait au fond de son cœur. Il parvint ainsi à tromper le public, se fit chérir de *tout le monde, tandis qu'en secret il riait de ce culte grossier et m'instruisit moi-même dans la religion donnée par Jéhovah à Moïse, la religion d'Abraham, d'Isaac et de Jacob* ; m'engageant à imiter sa conduite, m'apprenant à m'élever aussi haut que possible, à amasser des richesses afin de pouvoir, quand l'occasion s'en présenterait, nous venger de ces stupides païens, proclamer le Dieu d'Israël et rendre un nouvel éclat à notre famille que ces infidèles ont voulu anéantir. »

Lomjra s'arrêta un instant pour voir l'effet que produisit sur Hermann l'exposition de sa foi, mais ce dernier garda un morne silence, et l'épouse d'Horismond reprit :

— Wrala, ma bienfaitrice, tomba avec le père de son mari dans une bataille qui fut livré, il y a quelques années, aux chrétiens. Depuis ce moment je devins la gouvernante et l'institutrice de de la jeune Yulinka , et, bientôt après, Horismond me confia l'administration de ses affaires domestiques et me témoigna la plus entière confiance. Je ne fus pas long-temps sans m'apercevoir que ce prince m'avait choisie pour être un jour son épouse. Cette pensée me fit frémir. Je la communiquai à mon frère qui en fut ravi ; mais lorsqu'il apprit que je haïssais Horismond , il tira son poignard , et le levant sur ma tête : — Meurs , me dit-il, sœur indigne de Stribor, ou saisis cette occasion de tirer vengeance de notre ennemi, du meurtrier de nos parens. Ce pays devra un jour partager nos croyances. Minons donc avec adresse l'édifice vermoulu de cette domination , de ce culte hideux, et élevons sur ses ruines celui de la foi de Moïse. Que les tables de la loi du Mont-Sinaï remplacent les traditions absurdes de l'idolâtrie ! nous exercerons le droit de justes représailles ; vengeons-nous et rendons heureux ce pays en lui faisant connaître le Dieu de nos pères. Courage donc, ma sœur, entretiens dans le cœur du chef de la nation l'espérance de devenir ton époux, et profite de cette occasion pour arriver à la vengeance ; nous rendrons ainsi le bien pour le mal ; car notre triomphe sera celui de la loi du Dieu d'Abraham.

Je résistai long-temps à cette proposition ; et

parce que je n'aimais point Horismond, le barbare, le cruel assassin de mes parens, et parce
que je frémissais à l'idée des plans que combinait
mon frère, plans dont je regardais la réalisation
comme une chimère. Je me rendis cependant à la
fin, je me montrai disposée à céder aux vœux
d'Horismond, et je devins son épouse. Mon frère
profita de mon élévation pour monter plus haut,
en peu de temps il fut nommé commandant des
soldats du pays. Dans cette situation, il nous fut
facile de prendre toutes les mesures nécessaires
pour faire réussir notre plan, et préparer en secret
une conspiration qui dut en assurer le succès.
Nous gagnâmes à notre cause trois cents hommes,
et nous attendîmes avec impatience une occasion
favorable pour exercer notre vengeance. Même
Yulinka, ma belle-fille, ainsi que son ancienne
nourrice, Cunnawil, se rangèrent de notre côté;
mais cette dernière seule fut initiée à nos secrets.

» Plusieurs fois nous crûmes que l'occasion d'é-
clater était arrivée, mais nous différâmes. Cependant il est clair comme le jour, que le moment
d'agir est arrivé, l'idolâtrie vient de se détruire
elle-même en partie, et les guerriers sont divisés
en plusieurs fractions. Ce qui nous a empêchés
d'agir jusqu'ici, ce fut, je l'avoue, la mésintelligence qui règne entre mon frère et moi. Cette

mésintelligence provient de l'ambition, je ne saurais en disconvenir. Moi, qui suis placée à la tête de ce pays, je ne veux point descendre du rang que j'occupe; bien plus, je voudrais être plus heureuse que je ne suis. Mon frère convoite la main de la jeune Yulinka, et me fait sentir qu'après la mort d'Horismond, il aspire à monter sur le trône, espérant s'y soutenir comme époux de la fille du prince; chose à laquelle Lomjra ne peut pas consentir. Car je ne saurais, après avoir essuyé tant de contrariétés, et supporté tant de fois la mauvaise humeur de mon époux, consentir à me voir dépouillée de toute autorité, moi qui ai tant contribué à l'élévation de mon frère, moi qui ne me suis résignée à devenir l'épouse d'Horismond, que pour plaire à Stribor. Mais pour soutenir mes droits et ne pas décheoir de mon rang, j'ai besoin d'un homme, d'un ami qui épouse ma cause comme la sienne propre; celui-là pourra compter sur toute ma reconnaissance. Jusqu'ici j'ai en vain cherché cet ami auquel je pus confier mon bonheur et l'avenir de tout un peuple; j'ai en vain cherché un homme d'une raison supérieure que mon cœur pût aimer, je n'en ai point trouvé parmi cette nation sauvage. Maintenant j'achève. Vous avez apparu à mon regard scrutateur, comme un être que le ciel a envoyé à mon secours, c'es de vous que j'attends mon bonheur. »

Hermann, qui avait écouté en silence ce long discours, prit enfin la parole :

—Le judaïsme que vous professez, madame, dit-il à Lomjra, est la base de la religion que je professe; vous reconnaissez l'ombre, et nous la réalité. Nous avons tous deux la même loi morale, ce décalogue que Dieu donna à Moïse sur le mont Sinaï. Or le second de ces commandemens nous dit : « Tu ne prononceras pas en vain le nom de Dieu. » La transgression de cette loi pourrait-elle jamais être justifiée par un motif quelconque? Non! ainsi n'espérez pas m'entraîner à imiter votre conduite, et à renoncer à ma religion, comme vous avez renoncé à la vôtre. Vous avez renié votre Dieu pour embrasser l'idolâtrie que vous détestez dans le cœur; vous vous êtes prostituée devant de viles idoles, pour obtenir un rang distingué parmi les hommes. Comme vos pères coupables, vous avez sacrifié à Baal et à Moloch; vous avez lâchement trahi votre foi, en ajoutant l'hypocrisie à ce crime abominable, et maintenant vous me proposez de m'associer à nouveau forfait, pour vous aider à commettre un parricide, en assassinant votre époux, votre prince, votre bienfaiteur? Joseph s'est-il aussi conduit en traître envers Pharaon, comme Stribor se conduit envers Horismond? Votre peuple gémissant sous l'odieuse tyrannie

d'Egypte, a-t-il aussi renoncé à Jéhovah? Non,
mais il supporta tout avec courage et patience,
jusqu'au moment de sa délivrance par Moïse. Le
saint vieillard Eléazar foula-t-il aussi aux pieds
la loi du Seigneur, pour plaire à Antiochus? Qu'en
dit l'Histoire Sainte? Eléazar, l'un des premiers
docteurs de la loi, qui était un vieillard vénérable, fut pressé de manger de la chair de porc, et
on voulait l'y contraindre, en lui ouvrant la bouche par force. Mais lui, préférant une mort pleine
de gloire à une vie criminelle, alla volontairement au supplice. Considérant ce qu'il lui faudrait
souffrir en cette rencontre, et demeurant ferme
dans la patience, il résolut de ne rien faire contre la loi, pour l'amour de la vie. Ceux qui étaient
présens, touchés d'une injuste compassion, à
cause de l'ancienne amitié qu'ils avaient pour
lui, le prirent à part et le supplièrent de trouver
bon qu'on lui apportât des viandes dont il lui
était permis de manger, afin qu'on pût feindre
qu'il avait mangé des viandes du sacrifice, selon
le commandement du roi, et qu'on le sauvât ainsi
de la mort : ils usaient donc de cette espèce d'humanité à son égard, par un effet de l'ancienne af-
fection qu'ils lui portaient. Mais, pour lui, il commença à considérer ce que demandait de lui un
âge et une vieillesse si vénérable, ces cheveux

blancs qui accompagnaient la grandeur de cœur
qui lui était naturelle, et cette vie innocente et
sans tache qu'il avait menée depuis son enfance ;
et il répondit aussitôt, selon les ordonnances de
la loi sainte établie de Dieu, qu'il aimait mieux
descendre dans le tombeau. Car il n'est pas digne
de l'âge où nous sommes, leur dit-il, d'user de
cette fiction qui serait cause que plusieurs jeunes
hommes, s'imaginant qu'Eléazar, à l'âge de qua-
tre-vingt-dix ans, aurait passé au paganisme, seraient eux-mêmes trompés par cette feinte, dont
j'aurais usé pour conserver un petit reste de cette
vie corruptible ; et, ainsi j'attirerais une tache
honteuse sur moi, et l'exécration des hommes sur
ma vieillesse. Car, encore que je pusse me délivrer des supplices des hommes, je ne pourrais
néanmoins fuir la main du tout-puissant, ni pendant ma vie, ni après ma mort. C'est pourquoi,
mourant courageusement, je paraîtrai digne de
la vieillesse où je suis, et je laisserai aux jeunes
gens un exemple de fermeté, souffrant avec joie
une mort honorable pour le culte sacré de nos lois
très-saintes. Aussitôt qu'il eut achevé ces paroles, on le traîna au supplice ; et ceux qui le con-
duisaient, ayant paru auparavant plus doux envers lui, passèrent tout-à-coup à une grande colère, à cause de ces paroles qu'il avait dites, et

qu'ils attribuaient à son orgueil. Lorsqu'il était près de mourir des coups dont on l'accablait, il jeta un grand soupir, et il dit : « Seigneur, qui avez la science sainte, vous connaissez clairement, qu'ayant pu me délivrer de la mort, je souffre dans mon corps de très-sensibles douleurs, mais que dans l'âme, je sens de la joie de les souffrir pour votre crainte. » Il mourut ainsi, en laissant non-seulement aux jeunes hommes, mais aussi à toute sa nation, un grand exemple de vertu et de fermeté dans le souvenir de sa mort. » (1)

» Et ces sept frères Machabées qui souffrirent le martyre avec leur mère, quel exemple ont-ils donné à votre nation? Au lieu de marcher sur de si nobles traces, vous et votre frère, vous n'avez suivi que l'impulsion de l'ambition, de la vaine gloire, de la vengeance : Vous auriez dû quitter ce pays après avoir reconnu que votre foi y était en danger. Je plains votre triste aveuglement, je plains votre illusion, je vous plains d'avoir ainsi méconnu et dénaturé l'esprit de votre loi, en vous persuadant que les moyens infâmes que vous vou-

_____

(1) Livre 2ᵉ des Machabées, ch. 6.

lez employer, puissent légitimer vos actions ; je
vous plains surtout d'avoir pu supposer qu'un
chrétien serait assez lâche pour prendre part à
vos crimes, et tremper ses mains dans le sang
d'un prince ; un chrétien auquel sa religion dit :
A quoi te servirait-il de gagner tout l'univers,
si tu venais à perdre ton âme ? »

Lomjra était vivement émue, après avoir entendu ces rudes apostrophes auxquelles elle ne
s'était pas attendue. Elle était honteuse d'avoir été
si complètement réfutée par la logique pressante
du chrétien ; elle reconnut que son frère ne lui
avait enseigné qu'imparfaitement la loi de Moïse,
et comme il lui avait dit que cette religion était
la seule vraie, elle n'avait pu douter que Hermann ne dût l'embrasser aussitôt à sa demande.
Elle rougissait de honte d'avoir été trouvée aussi
coupable aux yeux du chevalier, et de passer pour
une nouvelle Athalie, d'avoir échoué dans sa tentative, de voir Hermann non-seulement indiffé-
rent, mais même contraire à ses projets. Elle fut
en proie à une violente agitation, ce que le chevalier remarqua, c'est pourquoi il la pria de lui
permettre de lui exposer la doctrine de la religion chrétienne, pour faire jaillir la lumière dans
le dédale de cette âme si cruellement ravagée, et
lui rappeler ses devoirs d'épouse et de princesse.

Mais cette femme passionnée n'avait ni l'humilité *de l'esprit*, ni le calme du cœur, ni la candeur nécessaires pour recevoir des leçons si utiles dans ce moment.

— N'espérez pas, chevalier, lui dit-elle d'un ton brusque, me faire revenir de mes principes, et faire passer dans mon âme vos convictions? Je me suis exposée à tout pour vous sauver, et je suis prête encore aux plus grands sacrifices pour vous prouver mon dévouement. Pourrez-vous assumer sur vous la responsabilité de me ravir mon repos, et de m'exposer à me venger d'une manière terrible sur vous-même? Car sachez-le, votre résistance à mes volontés m'obligera à vous donner la mort ici dans ce cachot, et à immoler à ma haine, celui que je voudrais aimer. Je ne pourrai vous laisser la vie après vous avoir initié dans mes secrets; car je m'exposerais à la perdre moi-même. Choisissez donc maintenant entre le tombeau ou le trône auquel je vous appelle, ce trône que mille autres jeunes gens se disputaient à l'envi. — Allez donc, ingrat ! jouissez encore pour quelques momens de la délicatesse de conscience qui convient à des anges; mais non pas à de faibles mortels.

— Si vous doutez de la force des convictions religieuses, arrachez les plus belles pages de l'histoire de vos ancêtres; car elles vous confondent. Et ne croyez point m'ébranler par vos menaces. Celui qui a affronté cent fois la mort sur-le-champ de bataille, ne la craint point dans un cachot, même de la mort d'une femme irritée; elle sera sans doute aux yeux des hommes moins glorieuse que celle que le guerrier trouve en combattant; mais elle sera glorieuse aux yeux de Dieu. Ainsi frappez, madame! percez ce cœur que vos promesses n'ont pu séduire, que vos menaces n'ont pu ébranler. Il vous pardonne à l'exemple de celui qui du haut de la croix a dit à son père céleste en parlant de vos ancêtres : Pardonnez-leur, ils ne savent ce qu'ils font.

Ces paroles, prononcées avec l'accent de cette conviction profonde qui subjugue l'âme, firent sur Lomjra une telle impression, qu'elle était là comme pétrifiée. Elle jetait sur Hermann un regard qu'il est impossible de décrire; la fureur, le dépit, la vengeance, l'amour, la haine se combattant; puis un soupir étouffé, les lèvres tremblantes, des sanglots, une agitation nerveuse, voilà cette femme. Le chevalier eut pitié d'elle, et essaya de la rappeler à d'autres sentimens. Tout-à-coup elle se leva, prit Hermann par la main et le conduisit vers un sombre corridor. Arrivée à une porte cachée, elle poussa un loquet, la porte s'ouvrit, et le chevalier aperçut des armes, des pieux, des massues garnies de pointes de fer, des boucliers, des casques, quelques étendards enlevés aux chrétiens, puis des tas d'argent et d'autres métaux. Hermann devina aussitôt que les conjurés avaient fait toutes ces provisions pour s'en servir en cas de besoin, et que Lomjra avait ménagé cette dernière ressource comme moyen de persuasion pour ébranler Hermann. Mais le chevalier jeta un regard de mépris sur tous ces objets, et resta inébranlable dans sa résolution.

L'épouse d'Horismond, placée à ses côtés, cherchait à lire dans ses traits les impressions que produisait sur lui la vue de ces choses ; enfin, après un long silence, impatiente de connaître ses pensées, elle lui demanda ce qu'il avait à redire à tout cela ?

— Tout cela lui répondit-il avec calme, est trop pour conquérir un royaume terrestre, et ne suffit point pour perdre le royaume céleste.

Ces paroles furent un coup de foudre pour cette femme désabusée. Ses nerfs se contractèrent de honte et de dépit ; pâle et tremblante de colère, elle aurait voulu exhaler sa fureur contre l'homme qui se jouait si cruellement d'elle, mais elle ne trouvait point d'expressions assez énergiques pour lui reprocher son indifférence. Elle retourna machinalement sur ses pas, et revenue au cachot, elle s'arrêta quelques momens pour reprendre haleine; puis se retournant vers le chevalier.

— Cruel! il paraît que vous avez succé le lait d'une tigresse, pour être si insensible, lui dit-elle.

— Non, madame, répondit Hermann avec dignité; mais je crains Dieu plus que les hommes, et je reste fidèle à ma foi.

Elle secoua la torche qu'elle tenait à la main, ordonna de nouveau à Hermann de la suivre.

—Regarde, misérable, lui dit-elle en déchirant subitement un rideau qui cachait un abîme; que découvres-tu?

Malgré sa fermeté, Hermann recula d'un pas à l'aspect du spectacle horrible qui s'offrit tout-à-coup à ses regards; mais se remettant aussitôt :

— En vérité, lui dit-il, vous jouez un jeu cruel avec moi; mais sachez que ni ces ossemens, ni ces crânes hideux ne sont capables de me faire revenir de ma résolution. Je ne crains la mort sous aucune forme; mais la terrible punition de Nicanor dont parle votre histoire m'épouvante; l'exemple de mes aînés dans la foi, de ces glorieux martyrs qui affrontèrent avec courage tous les supplices pour ne point trahir leur attachement à notre sainte religion, m'encourage; oui, comme Pierre le martyr, je tremperai mon doigt dans mon sang, pour écrire comme lui ces dernières paroles : « Je crois en Jésus-Christ, » si ma langue se refusait à les prononcer.

— « Eh bien ! meurs donc, homme indigne de ma pitié ! s'écria cette furieuse, et va partager le sort de tous ceux dont les ossemens gisent ici ; eux aussi périrent de faim pour avoir trahi les secrets que nous leur avions confiés, et pour n'avoir pas voulu se prêter à notre volonté. Dans peu de temps ton corps sera jeté là pour être la proie des serpens qui habitent ces lieux. Mes malédictions t'accompagneront à ta dernière heure ! »

Après avoir prononcé ces paroles, elle ferma avec fracas la porte de fer, et remonta l'escalier et traversa un sombre corridor par lequel on arrivait dans la partie supérieure du château de Honéda. Elle entra dans ses appartemens, et comme elle avait besoin de repos, elle se jeta tout habillée sur son lit ; elle s'endormit bientôt après, mais ce ne fut pas de ce sommeil paisible que goûte l'innocence, elle eut un songe affreux et se mit à crier d'une voix terrible : « Au feu ! au feu ! les voici, ils viennent me jeter dans les flammes. A mon secours ! Horismond, protége ton épouse ! Stribor, n'abandonne pas ta sœur ! A moi ! à moi ! »

Ces cris retentirent par toute la maison, et portèrent l'épouvante dans tous les cœurs.Cunnawil, sa fidèle servante, Yulinka et une autre domestique accoururent les premières, se précipitèrent dans la chambre de Lomjra pour lui porter secours. Mais quelle ne fut leur surprise de ne rien y voir qui motivât ces alarmes. Elles reconnurent que leur maîtresse n'avait poussé ces cris qu'en songe et la réveillèrent pour lui demander ce qu'elle avait.

Lomjra, honteuse et craignant d'avoir trahi les secrets qui pesaient sur son cœur, avoua qu'elle avait fait un rêve épouvantable, et qu'elle avait cru voir la faction qui s'était déclarée contre son époux à cause de la religion, se ruer sur le palais, y mettre tout à feu et à sang, et qu'à leur tête elle avait cru apercevoir un chevalier chrétien les guidant vers ses appartemens pour la mettre à mort.

Les personnes accourues à son secours la rassurèrent, et lui apprirent que tout était tranquille au château, et que rien n'annonçait un pareil malheur. Lomjra s'informa ensuite d'Horismond, mais on n'en avait point de nouvelles, ce qui parut vivement l'affecter. Elle congédia ces femmes pour s'abandonner à ses réflexions. Tout ce que Hermann lui avait dit dans l'entretien qu'elle venait d'avoir avec lui, se retraça vivement à son

imagination bouleversée. La fermeté qu'il avait
déployée à repousser ses propositions, le mépris
qu'il avait affecté de sa main, les reproches qu'il
lui avait adressés, l'indifférence qu'il avait mon-
trée pour la vie en préférant la mort à la brillante
existence qu'elle lui avait fait entrevoir, rallumè-
rent dans son âme le feu de la vengeance que
d'autre part elle voudrait bien comprimer, Hermann lui paraissant digne de compassion. La
réflexion rendit un peu de calme à son esprit, qui
flottait au gré de toutes les passions. Tantôt elle
voulut exterminer le misérable qui avait insulté
à son amour, tantôt elle voulut qu'il vécût livré
à ses remords, mais plongé dans un cachot pour
attester la vengeance qu'elle en avait tirée. Ainsi
tourmentée, froissée dans ses espérances, en proie
aux transports les plus violens, cette malheureuse
femme finit par désirer elle-même la mort, ne
pouvant réaliser les plans gigantesques qu'elle
avait formés dans un moment d'ambition.

Hermann, au contraire, abandonné de tout le
monde, le corps couvert des cicatrices, des blessures qu'il avait reçues, plongé dans un antre ténébreux, goûtait les charmes indicibles d'une
bonne conscience. Condamné à périr de faim, af-
faibli par une forte perte de sang, il s'agenouilla
devant les parois du mur : — Mon Dieu ! s'écria-

il , vous savez que je suis ici! Ah! ne me rejetez pas de devant votre face. Conservez en moi le feu sacré de votre amour , et fortifiez-moi contre les angoisses de la mort. Recevez-moi dans vos tabernacles éternels et pardonnez-moi les fautes que j'ai eues à me reprocher pendant ma vie. Je vous offre celle-ci en expiation de mes péchés. Mon Dieu , exaucez-moi !

Hermann , qui s'attendait à la mort, se prépara à ce moment suprême par la prière, la méditation et s'excita à la vive détestation de ses fautes. Il tira de son sein une chaîne à laquelle étaient suspendus un Christ et une image de la sainte Vierge. Il couvrit de baisers d'amour ces objets qu'il put à peine contempler à cause de la grande obscurité qui régnait dans son cachot. Qu'il eût été heureux de s'agenouiller devant un prêtre pour lui faire sa dernière confession et recevoir l'absolution, mais ce bonheur lui était refusé. Il continua à réciter , avec dévotion , toutes les prières que sa mémoire lui suggérait , pardonna à celle qui , en le condamnant à périr de faim, allait lui ouvrir les portes de la patrie céleste, et s'abandonna entièrement à la volonté du Seigneur, en prononçant à plusieurs reprises ces paroles du divin Maître au moment de son agonie au jardin des Oliviers : — Mon Père ! que votre volonté se fasse et non la mienne !

Pendant que Lomjra se livrait à son désespoir, on vit arriver au palais un messager d'Horismond, annonçant que ce prince vivait encore et se portait bien, mais qu'il demandait des vivres et de prompts secours pour s'opposer au vaillant Colmanow, roi de Samland, qui, poussé par ses prêtres, était entré en campagne avec des troupes nombreuses, dont lui, Horimond, avait déjà éprouvé la supériorité dans une affaire; que la guerre paraissait devoir être longue et chaude, parce que Colmanow voulait venger l'honneur des dieux outragés et rétablir leur culte.

Mais le messager avait, de la part de Stribor, des ordres secrets à donner à Lomjra; ils portaient: Pense, ma sœur, que nous nous trouvons ici dans le désert. Purge la terre de Chanaan de tout ce qui la souille et envoie les immondices dans notre camp, pour que l'épée de l'ennemi les extermine et que Josué et les siens puissent plus facilement faire la conquête du siége d'Abraham.

Ces paroles étaient claires. Lomjra comprit qu'il s'agissait d'envoyer à Stribor tous les guerriers qui pourraient contrarier ses vues, afin de les exposer aux coups des soldats du roi de Samland; que Stribor, qui prenait le nom de Josué, s'arrogeait le droit de disposer seul de l'autorité suprême sans penser à elle-même, et que, s'il ve-

6

nait à réussir dans son plan, la veuve d'Horismond serait privée de toute participation aux affaires.

Cette dernière considération fut de l'huile répandue sur la flamme ; le cœur de Lomjra fut comme broyé sous le poids des vives douleurs qui l'assiégeaient de toutes parts.

— Ah ! s'écria-t-elle, si Hermann pouvait être à moi ! quel heureux moment, quelle occasion favorable de me venger de mon frère et de jeter les fondemens de ma véritable grandeur ! Je dois l'avouer, je n'ai jamais été heureuse ici bas ! et ne le serai-je jamais ? Pourquoi ai-je reçu la vie ? Maudite soit l'heure de ma naissance ! Pourquoi mon cœur forme-t-il des vœux qu'il ne m'est point permis d'accomplir ? Ce vil chrétien, là bas, me méprise, moi, que tant de nobles jeunes gens seraient si heureux de posséder, moi qu'Horismond a fait asseoir sur le trône ! Mais je ne puis haïr ce chevalier, car il m'a dit la vérité, et je suis en effet une créature indigne ; j'enlace, comme un serpent, un époux dont je trame la perte, je déteste le monde qui est un objet d'horreur à mes yeux, parce qu'il m'a donné un mari que je n'aime point, un frère que je crains, enfin, parce qu'il m'a refusé le véritable bonheur.

Deux jours s'écoulèrent, et l'infortunée Lomjra,

toujours en proie aux plus violentes passions, ne trouvait point de repos. Cent fois elle s'occupa du pauvre Hermann et forma le projet de le rendre à la vie, et cent fois elle le rejeta, ne pouvant, se disait-elle, pardonner à cet homme qui l'avait méprisée.

L'aurore du troisième jour commençait à poindre lorsque Lomjra, par suite d'un rève qu'elle venait de faire, quitta sa couche en s'écriant :
— Il se meurt! — j'entends le râle de son agonie; — il pousse le dernier soupir; — sa vie s'éteint. — Ah! quelle voix se fait entendre dans mon âme! Son sang demande vengeance, et la colère du ciel est prète à tomber sur moi! Dieu! ma conscience et mon amour pour lui ne me permettent pas de supporter plus long-temps ce supplice.

Elle se dirigea, à pas chancelans, vers la chambre de Cunnawil, et lui découvrit l'histoire du chevalier.

— Et cet homme, vous voulez le perdre? répondit la vieille servante.

— Presse tes pas, reprit Lomjra, et apporte-lui de la nourriture s'il est encore en état d'en prendre. Aie soin de lui pendant quelques jours, et, ensuite, s'il ne se montre pas docile à ma volonté, au lieu de nourriture, tu rempliras ton panier de serpents que tu jetteras dans le cachot.

Elle laissa Cunnawil pour suivre un des chefs des soldats qui devaient aller rejoindre Horismond et pour les passer en revue.

V

LES NÉOPHYTES.

La fidèle Cunnawil, veuve depuis long-temps, avait un excellent cœur et s'était faite aimer par son zèle à remplir les devoirs de sa charge. Comme il y avait souvent de grandes réunions au château de Honéda, ce fût sur elle qu'Horismond se déchargeait du soin d'ordonner les festins. Ainsi qu'il a déjà été observé, cette femme et la jeune Yulinka étaient initiées aux secrets de Lomjra et de Stribor, et pratiquaient les prescriptions de la

6.

loi de Moïse, quoiqu'elles parussent encore extérieurement attachées aux erreurs du paganisme.

Lorsque donc Cunnawil parut dans l'antre ténébreux où gissait Hermann, elle déposa son panier dès l'entrée pour prêter une oreille attentive à ce qui s'y passait ; mais elle n'entendit rien. Elle avança lentement ; à chaque pas qu'elle faisait elle sentit augmenter sa crainte d'arriver trop tard et de ne plus trouver le chevalier en vie. Enfin elle le vit étendu à terre et ne donnant plus de signe de vie.

— Ciel ! s'écria la charitable femme, est-il mort ou dort-il ?

Ces paroles frappèrent subitement l'oreille de Hermann qui releva un peu la tête, mais sa faiblesse était si grande qu'il ne put se soutenir et retomba aussitôt à terre.

— Vous vivez, noble chevalier ! lui dit-elle. J'en suis ravie, et je viens, par ordre de ma maîtresse, vous apporter des vivres pour vous rappeler à l'existence. Ainsi, ne perdez pas courage, je vais avoir soin de vous. Tenez, buvez un peu d'eau, plus tard vous prendrez un peu de nourriture. Votre état est grave et exige des précautions.

Elle tendit à Hermann un vase rempli d'eau, mais le chevalier ne put le soutenir, et Cunna-

wil s'assit à côté de lui pour soutenir sa tête et le
faire boire. Le chevalier but lentement. Cette eau,
dans laquelle la femme avait fait couler quelques
gouttes d'un suc d'herbes qui avait la vertu de
fortifier le corps, furent pour Hermann ce qu'une
pluie bienfaisante est pour la terre altérée. A chaque trait qu'il buvait, il sentit ses forces se ra-
nimer, son œil se ralluma, et il put, en quelques
mots, témoigner sa reconnaissance. Cunnawil,
au contraire, passa une heure avec lui, s'extasia
sur les grandes qualités de Lomjra, lui parla de
la guerre, des secours qu'Horismond avait de-
mandés pour s'opposer au roi de Samland, des
espérances que sa maîtresse nourrissait toujours
de voir Hermann entrer dans ses vues. Comme ce
dernier n'y répondit point, la bonne femme prit
ce silence pour un consentement tacite aux désirs
de Lomjra, et se glorifia déjà d'avoir obtenu ce
que celle-ci n'avait pu obtenir.

Lomjra attendait avec impatience le retour de
la vieille Cunnawil, et dès qu'elle entendit ses
pas retentir sous les sombres voûtes du palais,
elle se précipita à sa rencontre :

— Vit-il encore, que fait-il? demanda-t-elle
avec impétuosité.

— Il vit, répondit la femme, et j'espère qu'il
cédera plus tard à vos désirs. Elle se mit ensuite

à raconter tout ce qu'elle avait dit au prisonnier et promit à sa maîtresse d'avoir soin de lui pour hâter sa complète guérison.

Quoique Lomjra eût vivement désiré voir s'accomplir les espérances de Cunnawil, elle ne put cependant se défendre d'un certain pressentiment; car, connaissant la fermeté du chevalier, elle douta du succès de l'éloquence de la vieille et forma le projet d'essayer elle-même d'ébranler plus tard les convictions de cet homme rebelle à ses volontés.

Sur le soir, Cunnawil redescendit au cachot. Elle trouva l'état de Hermann bien plus satisfaisant et lui donna un peu de nourriture. Elle reprit son discours au point où elle l'avait laissé le matin, et plaida avec plus de vivacité la cause qu'elle avait à faire prévaloir.

Hermann l'écouta avec attention et reconnut bientôt qu'elle était initiée à la loi de Moïse, dont, cependant, elle n'avait que des idées fort incomplètes ; elle, la pauvre élève d'une maîtresse plus pauvre encore. Elle avait, en effet, abjuré dans son intérieur les absurdités du paganisme, mais sans comprendre le nouveau culte qu'elle venait d'embrasser. Ses idées étaient confuses et représentaient un mélange de judaïsme et de polythéisme, ce ne fut qu'à son heureux naturel que Cunnawil dut les vertus qui la caractérisaient. Hermann, ne pouvant encore entreprendre, à cause de son état de faiblesse, de rectifier ce soir même ce qu'il y avait de défectueux dans ses conceptions religieuses, remit au lendemain une discussion plus approfondie. Ce qui charma le chevalier dans le court entretien qu'il eut avec elle ce soir, ce fut la bonne foi, la candeur de cette âme droite qui allait devenir l'instrument des miséricordes du Seigneur sur ce peuple. L'histoire ecclésiastique nous apprend que Dieu se servit souvent des personnes qui, selon le monde, eussent été les moins propres à faire de grandes choses, pour faire éclater la puissance de son bras. Un sombre cachot va devenir le berceau du christianisme dans ces contrées ; un prisonnier voué à la mort par une femme passionnée, une pauvre servante, vont faire jaillir les lumières de la foi au milieu d'une nation assise à l'ombre de la mort.

Le lendemain, Cunnawil vint de bonne heure trouver le chevalier pour s'informer de son état et lui apporter des vivres. Cette fois Hermann, qui avait passé une nuit calme et qui avait goûté les douceurs du sommeil, fit asseoir la servante à côté de lui pour entreprendre l'œuvre de sa conversion. Il commença à établir les preuves de la divinité de l'ancienne loi, exposa ensuite l'histoire du peuple Juif après le déluge, ses vicissitudes, les malheurs que s'attirèrent si souvent les Israélites par leurs infidélités envers Dieu, cita les prophéties concernant le Messie annoncé dès le moment de la chute du premier homme, les appliqua à Jésus de Nazareth, Fils de Dieu et immolé sur la croix pour le salut de hommes.

Hermann parla avec tant d'onction, sut répandre sur cette exposition un tel charme, que Cunnawil ne put se rassasier de l'entendre et qu'elle profita de tous les momens dont elle put disposer pour se rendre auprès de lui et se faire instruire à fond dans la doctrine chrétienne. Elle fut merveilleusement secondée dans cette disposition par un évènement qui changea tout-à-coup l'état des choses. Lomjra, si vivement attaquée de tout côté, si ébranlée par tout ce qui se passait alors, si cruellement jouée par son frère qui se frayait de plus en plus le chemin au pouvoir suprême, ne put résister plus long-temps aux impressions qui se succédaient avec tant de rapidité dans son âme; elle tomba gravement malade et on désespéra long-temps de la conserver.

Le chevalier profita du zèle que Cunnawil fit paraître pour connaître les sublimes et consolantes vérités de la religion de Jésus Christ, et lui

exposa petit à petit tous les dogmes, **toute la**
morale de l'église catholique. Souvent la néophyte
veillait fort long-temps auprès de son maître qu'elle
avait débarrassé de ses chaînes, le pressant de
questions, recueillant avec une sainte avidité les
paroles qui sortaient de sa bouche. Là, à la lueur
d'une lampe, le chevalier et son élève bénissaient
ensemble le Seigneur et s'animaient mutuellement
au bien. Cunnawil avait appris l'oraison domini-
cale, cette prière si belle et si bien adaptée à toutes les circonstances de la vie humaine; elle la
récita souvent avec délices et y trouva un charme
indicible. Depuis ce moment elle soupirait après
les heures de la nuit, où, débarrassée des soins et
des affaires, elle pût s'instruire à l'école de la
sagesse chrétienne, et, chaque fois qu'elle sortait
du cachot, elle sentit grandir sa foi en Jésus-
Christ et son espérance dans ses mérites infinis.
Hermann, de son côté, stimulait cette ardeur et
lui faisait entrevoir le jour où elle pourrait, par le
baptême, être inscrite au nombre des enfans de
l'église catholique et appartenir à cette immense
famille de fidèles répandus par toute la terre et
unis entre eux par les liens d'une même foi, la
participation aux mêmes grâces et l'attente des
mêmes récompenses éternelles. Le bonheur d'a-
voir gagné une âme, adoucit pour lui la rigueur

de la captivité ; car, quoique Cunnawil lui eût permis de sortir de son antre et de se promener dans les vastes galeries du bas château, Hermann n'en sentit pas moins encore la gêne qui le retenait captif dans ces murs. L'absence d'Horismond, la maladie de Lomjra, le dévoûment de Cunnawil, lui eussent facilité les moyens de s'évader, mais d'abord il espérait faire à la religion de nouvelles conquêtes, et ensuite, n'étant pas entièrement rétabli de ses blessures et n'ayant pas assez de forces pour s'exposer à regagner les états du duc de Mazovie à travers les larges forêts qu'il lui eût fallu traverser, il préféra rester à Honéda, attendant des circonstances plus favorables.

La bonne servante, malgré tous les efforts qu'elle faisait sur elle-même pour déposer ses anciennes habitudes, ne put se garantir de ces retours du vieil homme; elle se désolait d'avancer si peu dans la pratique de la vie chrétienne. Hermann la consola et lui fit entendre que la perfection à laquelle le christianisme appelait ses enfans, n'était pas l'affaire d'un jour, mais qu'il fallait y travailler toute la vie. Pour la fortifier dans ses bonnes résolutions, il lui rapporta les belles paroles que Jésus-Christ adressa autrefois à la foule sur la montagne.

« Bienheureux les pauvres d'esprit, parce que le royaume du ciel est à eux.

» Bienheureux ceux qui seront doux, parce qu'ils posséderont la terre.

» Bienheureux ceux qui pleurent, parce qu'ils seront consolés.

» Bienheureux ceux qui sont affamés et altérés de la justice, parce qu'ils seront rassasiés.

» Bienheureux ceux qui sont miséricordieux, parce qu'ils obtiendront eux-mêmes miséricorde.

» Bienheureux ceux qui ont le cœur pur, parce qu'ils verront Dieu.

» Bienheureux ceux qui sont pacifiques, parce qu'ils seront appelés enfans de Dieu.

» Bienheureux ceux qui souffrent persécution pour la justice, parce que le royaume du ciel est à eux.

» Vous serez bienheureux lorsque les hommes vous maudiront, qu'ils vous persécuteront, et qu'à cause de moi, ils diront faussement toute sorte de mal de vous ;

» Réjouissez-vous et tressaillez de joie, parce que votre récompense est grande dans les cieux ;

Chevalier Teut.   7

car c'est ainsi qu'ils ont persécutés les prophètes qui ont été avant vous. » (1).

Cependant, les prêtres de Perkunas, après avoir vu le nombre de leurs adversaires diminuer, soit par la défaite que ces derniers avaient subie, soit par la crainte qu'on leur avait imprimée, préparèrent dans le bois sacré une grande fête pour inaugurer une nouvelle statue de ce dieu, à la place de celle que la foudre avait anéantie. Cette statue était de bois, grossièrement sculptée, et ne représentait qu'un bloc assez informe, tel que pouvait le faire ce peuple grossier et nullement versé dans les arts. Ils avaient élu un nouveau Kirwaïto, qui devait consacrer solennellement l'idole; ce jour fut fixé par hasard à celui auquel les Juifs célèbrent chaque année leur fête des tabernacles, ce qui déplut singulièrement à tous ceux que Stribor et Lomjra avaient gagnés en secret à la loi de Moïse, parce qu'il leur répugnait d'assister à cette cérémonie et de négliger celles du culte qu'ils professaient dans leur cœur.

Wlastoc, riche propriétaire, qui s'était depuis

---

(1) S. Matthieu, ch. 6.

long-temps donné à Stribor, présidait pendant
l'absence de celui-ci aux assemblées religieuses
qui tenaient lieu de synagogue. Il demeurait à
quelques lieues de Honéda et faisait un grand
commerce avec la Pologne, la Moravie et quelques autres provinces, ce qui le mettait à même
de connaître de plus près les Juifs répandus dans
ces pays. Ses concitoyens l'aimaient beaucoup et
le préféraient même à Stribor dont le caractère
altier ne leur plaisait point. Il parvint, par son
crédit, à organiser la fête de manière à ce qu'elle
ressemblât plutôt à une solennité juive qu'à une
de celles prescrites par les rites du paganisme.

Plus d'un vieillard, qui n'avait jamais eu de
semblable solennité, se plaignit de cette innova-
tion, et alla jusqu'à dire que, si Horismond avait
été présent, cela n'aurait pas eu lieu, mais le
nouveau Kirwaïto, un ami d'enfance de Wlastoc,
leur imposa silence, et leur expliqua que l'inau-
guration d'une nouvelle statue de Perkunas, étant
une chose extraordinaire, la fête devait aussi
avoir un caractère particulier. Cunnawil n'y as-
sista point ; les soins qu'elle donnait à Lomjra,
dont la santé était toujours chancelante, l'en empêchèrent ; d'ailleurs qu'aurait-elle fait à cette
fête profane, elle, la tendre néophyte, elle déjà
si chrétienne avant d'avoir reçu le baptême !

7.

Mais, pour imprimer à cette solennité un caractère plus auguste, on y avait invité la jeune Yulinka pour représenter, en quelque sorte, la maison du prince. Cette jeune vierge , si pure , si
naïve, ne put retenir sa surprise à la vue de ces
cérémonies inconnues jusqu'alors ; elle s'en plaignit à Cunnawil , et déplora ce qu'elle regardait
comme une injure faite au Dieu des Juifs et aux
dieux du paganisme par cet amalgame honteux
de deux religions s'excluant mutuellement l'une
l'autre.

— Si , dit-elle , les choses devaient continuer
sur ce pied là , nous ne saurons bientôt plus si
nous appartenons à la loi de Moïse ou à celle de
Perkunas , nous...

— Le temps arrivera , lui répondit Cunnawil
en l'interrompant, où nous n'appartiendrons plus
ni à l'une ni à l'autre.

— Et comment cela ? s'écria la jeune fille avec
l'accent de la plus grande surprise.

— Comment cela ? me demandes-tu ? Ecoute ,
ma fille , tu connais le vif intérêt que je te porte,
tu sais combien tu m'es chère ! Eh bien ! je vais,
en comptant toutefois sur ta discrétion, t'apprendre des choses qui te surprendront au plus
haut degré. Il existe depuis douze siècles une religion révélée par le ciel lui-même et qui est

l'accomplissement des oracles des prophéties que nous avons dans le judaïsme, la réalité substituée aux figures et aux ombres, le soleil succédant au crépuscule, la vérité enfin qui éclaire le monde.

— Et où peut-on apprendre cette religion?

— Tu la connaîtras, ma fille, et tu y trouveras des forces et des consolations que ni le paganisme, ni le judaïsme ne peuvent nous ordonner. Cette dernière religion est sans doute sainte; car elle est le fondement sur lequel a été construit l'édifice du culte nouveau dont je te parle; la doctrine de ce culte nouveau élève l'homme jusqu'au ciel et lui apprend à pratiquer ces sublimes vertus sous lesquelles il est impossible de plaire à Dieu. Il nous apprend à combattre l'orgueil, l'égoïsme, l'ambition, l'avarice, et, en un mot, toutes ces passions dont le joug malheureux pèse si fort sur la pauvre humanité. Prête donc, ma fille, une oreille attentive à ce que je vais t'en exposer ici, et tu connaîtras que le christianisme, dont il est question, est un effet de la religion de l'esprit et du cœur.

Cunnawil commença alors son enseignement aussi bien qu'elle le put, combla les lacunes que Lomjra avait laissées dans les idées qu'elle lui avait transmises sur la loi de Moïse, passa ensuite aux preuves de la religion de Jésus-Christ, et

. lui en parla avec tant d'onction, que la jeune fille
ne put retenir ses larmes. Cette dernière fut vivement émue lorsqu'elle entendit parler du dévouement du Fils de Dieu, se sacrifiant pour les
hommes, et mourant sur la croix pour les arracher à la mort et à l'enfer. Yulinka saisit avec
d'autant plus d'empressement les paroles de salut,
que son cœur était pur et encore fermé aux ravages des passions. Elle pria Cunnawil d'obtenir,
du chevalier, la permission de l'accompagner au
cachot, afin de pouvoir s'instruire à fond dans les
hautes vérités d'une religion qui est le germe de
toutes les vertus.

Cunnawil se prêta volontiers aux désirs de la
jeune fille, et le soir même, Yulinka fut admise
auprès de Hermann.

Il nous serait impossible de retracer ici la vive
émotion qu'éprouvèrent ces personnes, s'entre-
tenant ensemble, à la lueur d'une lampe, des
hautes vérités de la foi catholique, s'inspirant
mutuellement, s'élevant sur les ailes de l'amour
divin jusqu'au trône de celui qui a dit dans son évangile : « Lorsque deux ou trois seront réunis en
mon nom, je serai au milieu d'eux ». Cette réunion, quoique peu nombreuse, rappelait cependant ces saintes assemblées de l'église primitive,
où les fidèles, sous la voix puissante d'un Evêque,

apprenaient à affronter les bûchers, les cheva-
lets, les tortures de toute espèce, pour en sortir
respirant le courage des lions et prêts à donner à
Jésus-Christ le témoignage le plus éclatant de leur
amour pour lui.

Yulinka avait déjà passé presque huit nuits
entières avec Cunnavil et Hermann, son esprit
s'ouvrit de plus en plus à l'influence de la vérité,
tout comme son cœur, il goûta le charme de toutes les vertus chrétiennes. Elle comprit seulement
alors sa véritable destinée ici-bas. Elle reconnut
que l'homme est fait pour aimer Dieu, qu'il ne
doit regarder la vie présente que comme un court
passage à une vie meilleure, supporter patiem-
ment les misères de l'une, et soupirer avec ferveur après les délices de l'autre. Elle reconnut
aussi que cette disposition doit être celle de toute
âme chrétienne, que Dieu seul est toute notre
vie, et que la mort si redoutée des mortels aveu-
gles, est un gain pour l'âme fidèle. Elle aurait
voulu dès ce moment recevoir le baptême pour
devenir enfant de l'église, mais le Chevalier ne se
crut pas autorisé à faire couler sur son front l'eau
sainte de la régénération, et la consola par l'espérance que ce bonheur ne serait peut-être plus
long-temps différé.

Sur ces entrefaites, on vit arriver à Honéda

un messager annonçant que Horismond avait été battu dans une sanglante bataille , fait prisonnier et traîné dans un cachot par Culmanow , roi de Samland. Cette nouvelle fut un coup de foudre et répandit la consternation dans les cœurs de tous ceux qui étaient attachés à ce prince malheureux. Lomjra, apprenant cette nouvelle, donna des marques du plus violent désespoir , craignant que son frère Stribor ne profitât de cette occasion pour s'emparer du trône du prisonnier pour l'en exclure elle-même. Yulinka, de son côté, fut inconsolable. La pensée de voir son père infortuné , sous le poids de cette disgrâce , la plongea dans une telle tristesse , qu'elle faillit en perdre la raison. Cunnawil essaya en vain de la consoler, et, ne pouvant y réussir , elle la conduisit à Hermann auquel elle exposa tout ce qu'on venait d'apprendre. Le Chevalier fut plus heureux que la servante ; il lui rappela tout ce qu'il lui avait exposé dans les conversations précédentes , et lui dit : « Le chrétien n'est prédestiné de Dieu que pour être conforme à l'image de son fils ; comme Jésus-Christ , il doit être attaché sur une croix , renonçant aux joies et aux plaisirs sensibles , comme lui combattant dans les douleurs et les épreuves. Il ne peut quitter la croix sans quitter Jésus-Christ crucifié ; car la croix et lui sont insépara-

bles. Il faut donc vivre et mourir avec celui qui
est venu nous montrer le chemin du ciel, et
ne pas craindre de finir notre sacrifice sur le même autel sur lequel il a consommé le sien. Tout
chemin qui mène à un trône est délicieux, fut-
il hérissé d'épines. Tout chemin qui conduit à un
abîme est effroyable, fut-il couvert de roses.
Lorsque le chrétien souffre pour la justice, il est
l'objet des attentions particulières de Dieu, qui
ne visite jamais les siens que pour les récompen-
ser ensuite. Nous devons nous rappeler sans cesse
que rien n'arrive sur cette terre, que par la volonté ou la permission de Dieu. Si nous aimions
bien cette volonté, nous ferions de la terre un
Ciel ; nous remercirions Dieu de tout, des biens
comme des maux ; puisque les maux deviennent
des biens, quand nous les supportons en vue de
plaire à Dieu. »

Yulinka comprit alors toute la force des paroles
du Chevalier, et lui promit de se soumettre à la
volonté du Seigneur.

7.

VI

LE SECOURS.

Au Messager qui avait apporté cette première
nouvelle à Honéda , en succéda un autre, envoyé par Stribor , qui fit annoncer au peuple
que Culmanor , roi de Samland , exigeait pour
la rançon d'Horismond , la somme de cent livres
d'or devant être fournie dans l'espace d'un mois ;
menaçant, ce délai expiré , de livrer le prisonnier
à tous les supplices.

Qui pourrait dépeindre la vive douleur donc
fut pénétrée la tendre Yulinka en apprenant cette

horrible proposition ! Tous ses sens se bouleversèrent. Cunnawil la traîna au cachot, priant Hermann de la calmer.

Le chevalier prit la part la plus vive à sa douleur, et lui suggéra tous les moyens de remédier à tous ces maux.

— Mais, lui dit la jeune fille, comment voulez-vous que nous parvenions à amasser une somme aussi forte, pour payer la rançon de mon père? On ne trouvera pas, dans tout le pays, assez d'or pour apaiser la soif de Culmanow.

Elle se tut, attendant une réponse du Chevalier, qui ne savait comment répondre à cette question. Tout-à-coup elle s'écria avec feu :

— Ah ! le Dieu des miséricordes m'inspire une pensée que je vais tacher de réaliser; je vais frapper à toutes les portes, à celles des riches comme à celles des pauvres, pour obtenir, sinon la somme toute entière, du moins une grande partie, j'y ajouterai mes propres bijoux, et je partirai ensuite conduite par quelques hommes éprouvés, pour aller trouver le roi de Samland, et lui remettre la rançon de mon Père. Si ce prince n'est point satisfait de ce que je lui offrirai, je m'engagerai à porter moi-même les chaînes dont mon père est chargé, et de délivrer ainsi Horismond.

Le Chevalier, admirant ce noble courage de la

jeune vierge, ne put retenir ses larmes ; et plaçant ses mains sur le front de Yulinka assise à ses côtés :

— Oui, ma fille, s'écria-t-il, c'est Dieu qui vous a inspiré cette pensée, je vous engage à l'exécuter. La charité est la base du christianisme, et vous préludez bien à la grande œuvre de votre réconciliation avec le ciel en donnant au monde un si grand exemple de piété filiale ; le Seigneur bénira, je n'en doute point, votre entreprise. Il vous enverra comme autrefois au jeune Tobie, un ange pour vous guider dans ce voyage perilleux que vous allez entreprendre. Allez donc frapper aux portes, faites retentir ce nom de votre père infortuné, ajoutez aux prières les larmes, ces puissantes auxiliatrices du malheur, et Dieu fera le reste.

Les yeux de Hermann brillaient d'un éclat surnaturel pendant qu'il prononçait ces dernières paroles ; on eût dit un prophète déchirant le voile de l'avenir, et lisant dans les profondeurs mystérieuses de la sagesse et de la bonté de Dieu.

Yulinka elle-même, transportée d'un saint enthousiasme, sentit couler dans ses veines le feu d'une ardeur qui lui était inconnue jusqu'alors, et quoiqu'elle prévît que l'exécution de son plan serait entourée de graves difficultés, elle ne recula point. D'ailleurs il s'agissait de rendre à la

liberté un père chéri , de briser les liens qui le
retenaient captif sur la terre étrangère , de prouver son amour à celui dont elle tenait l'existence, dès-
lors elle ne pouvait plus balancer. La Religion chrétienne dans les mystères de laquelle elle venait d'ê-
tre initiée, semblait stimuler encore davatage son
zèle, et la couvrir de son égide puissante, pour lui
faire affronter tous les dangers. Encouragée par
les paroles du chevalier , Yulinka sortit aussitôt
du château pour commencer la grande mission
à laquelle elle s'était dévouée. Sans consulter
même Lomjra que ses infirmités retenaient toujours dans ses appartemens , elle alla trouver les
chefs des premières maisons de l'endroit , dans
l'espérance de recueillir la somme destinée à rendre son père à la liberté.

Ici sa grande âme va se montrer dans tout son
jour ; car à peine quelques cœurs se montrèrent-
ils assez sensibles pour compatir au malheur
d'Horismond. Yulinka avait déjà fait un appel
aux gens les plus riches, et elle n'avait cependant
obtenu qu'une modique fraction de la somme
qu'elle désirait amasser. Elle continua ce qu'elle
regardait comme un devoir sans se laisser rebuter;
son zèle s'enflamma au contraire davantage , à
mesure que s'accrurent les obstacles qu'elle ren-
contra.

Chaque soir elle retourna au château de Honéda , pour rendre compte à Hermann de ses succès , et puiser à ses leçons de nouveaux motifs
d'encouragement.

Pendant qu'elle s'occupa ainsi du soin d'arracher son père à l'esclavage , d'autres personnes
la secondaient aussi dans les contrées environ-
nantes ; mais elles ne furent pas plus heureuses
que la fille du prince. Enfin, après bien des efforts
tentés de toutes parts , Yulinka pesa la somme
qu'elle avait recueillie , et elle se vit à peine en
possession de vingt livres d'or. Vivement inquiétée
du sort de son père, elle alla exposer ses chagrins
à Hermann , lui annonçant toutefois qu'elle était
décidée à faire le voyage de Samland , pour faire
un appel à la générosité de Culmanow, et essayer
de délivrer son père.

Le chevalier recula de surprise à la vue de
l'héroïque résolution de la jeune vierge ; il douta
un instant du succès de l'entreprise , et cependant une voix intérieure lui disait de ne point
s'opposer au départ d'Yulinka. Il adressa au Seigneur de ferventes prières , lui recommandant
cette affaire à laquelle se rattachait l'espérance
de voir le christianisme pénétrer dans le royaume
de Samland. Par suite des soins que lui avait pro-
digués la bonne Cunnavil , Hermann se trouvait

guéri de ses blessures , et en état d'entreprendre
un voyage. Comme il n'y avait point de temps à
perdre , Yulinka fixa le jour du départ , fît choix
de six hommes robustes et dévoués, qui devaient
l'accompagner dans sa périlleuse excursion.
Ceux-ci se munirent d'armes et de vivres , et ju-
rèrent de défendre la fille de leur prince , au péril
de leur vie ; de ne point l'abandonner jusqu'à ce
qu'elle eût rempli sa sublime mission.

La veille de son départ , Yulinka se rendit au
cachot pour faire ses adieux à Hermann. Elle lui
raconta que tout était prêt, elle comptait partir le
lendemain même pour se rendre dans le royaume
de Samland , mais qu'avant d'entreprendre ce
long voyage , elle avait une grande grâce à lui
demander.

— Et laquelle ? demanda le chevalier.

— Comme je puis être exposée à bien des dangers dans cette entreprise, et que je vais me trouver au milieu d'un peuple idolâtre , je désire être
reconciliée avec le ciel et recevoir le baptême.

Hermann , surpris et ému d'une telle demande,
ne sut que répondre. Comme en sa qualité de simple chrétien , il n'avait point le droit de conférer
le baptême , il ne put d'abord se résoudre à acquiescer au désir de la jeune fille , mais réfléchis-
sant sur la vivacité de la foi d'Yulinka ainsi que

sur les dangers qu'elle aurait à braver dans ce long voyage, sachant aussi que dans des cas extraordinaires, l'Eglise permettait à tout fidèle d'administrer, en cas de nécessité, le baptême, il se décida à satisfaire les vœux d'Yulinka, et lui dit :

— Vous demandez-là, ma chère enfant, une bien grande grâce. Savez-vous à quoi vous oblige le titre d'enfant de l'église qui vous serait conféré par le baptême ?

— Oui, je le sais et j'apprécie toute l'importance de la faveur que je sollicite.

— Je ne doute, ni de votre ferveur, ni de vos dispositions à recevoir le baptême ; il est bon cependant de vous rappeller encore en peu de mots les obligations que vous contractez par votre union à Jésus-Christ. Le chrétien ne doit pas seulement croire ce que la religion lui enseigne, mais il doit pratiquer ce qu'elle lui ordonne. Bien plus, il doit être prêt à tout souffrir pour rendre à Dieu un témoignage éclatant de sa foi ; il doit même, à l'exemple de ces généreux martyrs des premiers siècles, faire le sacrifice de sa vie pour prouver son attachement à la cause qu'il a embrassée. La vie du chrétien doit être une vie de sacrifices ; car la religion est un joug qui ne doit cependant pas nous effrayer. Nous en portons le poids, mais

Dieu le porte avec nous, et plus que nous. Jésus-Christ fait aimer ce joug, il l'adoucit par le charme intérieur de la justice et de la vérité. Il répand ses chastes délices sur les vertus, et dégoûte des faux plaisirs que présente le monde. Il soutient l'homme contre lui-même, l'arrache à sa corruption originelle, et le rend fort malgré sa faiblesse. Si vous voulez donc prendre sur vous ce joug, ma fille, laissez faire Dieu, abandonnez-vous à lui; vous aurez peut-être à souffrir, mais vous souffrirez avec amour et avec paix. Vous combattrez, mais vous remporterez la victoire, et Dieu lui-même, après avoir combattu en votre faveur, vous couronnera de sa propre main. Vous pleurerez quelquefois, mais vos larmes seront douces, et Dieu lui-même viendra avec complaisance les essuyer. Vous n'aurez plus la permission de suivre vos inclinations, mais en sacrifiant librement votre liberté, vous en retrouverez une autre inconnue au monde, et plus précieuse que toute la puissance des rois. Voulez-vous donc persévérer dans votre résolution d'embrasser le christianisme? Voulez-vous vous ranger sous la bannière de la croix, et promettre à Jésus-Christ de vivre selon les maximes de l'Evangile?

— Oui, répondit Yulinka d'une voix forte, je suis prête à croire et à pratiquer toute ce que la foi en Jésus-Christ m'enseigne.

Le chevalier se leva et jetant au ciel un regard plein de tendresse : « Bénissez, ô Dieu de bonté, dit-il, la résolution que cette jeune vierge va prendre ! Eclairez-la de votre lumière divine, soutenez, fortifiez-la, soyez son guide dans le voyage qu'elle va entreprendre, faites que les prémices du christianisme que je vais vous consacrer ici, quoique j'en sois indigne, fructifient dans ce pays, et que la conversion de cette jeune vierge soit suivie de celle de tout son peuple. »

Le chevalier prit ensuite le vase d'eau que Cunnawil avait apporté ; Yulinka s'agenouilla devant lui et prononça à haute voix le symbole de la foi chrétienne : « Je crois en Dieu le Père tout-puis- » sant, créateur du ciel et de la terre, et en Jésus- » Christ, son fils unique, notre Seigneur, qui a » été conçu du Saint-Esprit, est né de la Vierge » Marie ; a souffert sous Ponce-Pilate, a été cru- » cifié, est mort, a été enseveli ; est descendu aux » enfers, est ressuscité des morts le troisième » jour, est monté aux cieux, est assis à la droite » de Dieu le Père tout-puissant, d'où il viendra » juger les vivans et les morts. Je crois au Saint- » Esprit, à la sainte Eglise catholique, la com- » munion des Saints, la rémission des péchés, la » résurrection de la chair, la vie éternelle. Ainsi » soit-il. » Hermann fit ensuite couler sur son

front l'onde régénératrice, et les anges du ciel ins-
crivirent le nom d'une nouvelle prédestinée dans
le livre de la vie éternelle.

Qui pourrait dépeindre la vive joie inondant
l'âme d'Yulinka pendant cette sainte action? De
douces larmes brillaient dans ses regards atten-
dris; on eût dit que, ravie jusqu'au séjour des bienheureux, la tendre vierge voyait déchirer devant
elle le voile des mystères de la foi, et que le tout-
puissant lui communiquait dans ce moment auguste tous les trésors de sa grâce, tant était vif
l'amour qui embrâsait son cœur. Son front rayon-
nait d'une clarté céleste, tout son être paraissait
transfiguré; sa joie ne connut point de bornes.
Le chevalier la releva, puis tirant de dessous ses
vêtemens la chaîne d'or à laquelle étaient suspendues les images du Sauveur et de sa sainte Mère :

— Prenez, lui dit-il avec émotion, cet objet, et
portez-le comme un souvenir de l'insigne faveur
que le Seigneur vient de vous accorder, en vous
admettant au nombre des enfans de son église.
Rappelez-vous sans cesse que vous venez d'être
consacrée à Jésus-Christ, et que le péché pour lequel il est mort ne doit plus jamais régner en vous.
Et maintenant, ma fille chérie, partez pour Samland, exécutez le projet que Dieu vous a inspiré;
donnez à ces peuples encore païens, l'exemple des

vertus que produit le christianisme, afin que par vous, ils apprennent aussi à connaître le chemin de la vérité !

Pendant que Yulinka et Hermann bénissaient ensemble le Seigneur par une fervente prière pour le remercier de la grâce qu'il venait d'accorder à la fille d'Horismond, arriva Cunnawil qui ignorait ce qui venait de se passer. Lorsqu'elle apprit que le chevalier avait conféré le baptême à Yulinka, et qu'il lui avait donné les noms de Marie, Julie, Antoinette, elle fit éclater sa tristesse de n'avoir par elle-même été jugée digne d'un si grand bienfait, quoiqu'elle en eût exprimé le désir à plusieurs reprises. Hermann la rassura en lui faisant comprendre qu'il n'en avait agi ainsi envers la jeune personne, qu'à cause des dangers auxquels elle pouvait être exposée pendant son voyage, que l'église catholique ne permettait aux simples fidèles d'administrer le baptême, que dans des cas extrêmes, et que pour elle ce cas n'était pas arrivé. Cunnawil se rendit à ces raisons, et félicita son ancienne élève du bonheur qu'elle avait eu.

Le chevalier donna ensuite à la jeune fille des avis salutaires, lui prescrivit une règle de conduite, et la vit enfin partir heureuse et contente.

Il n'entre pas dans notre plan de relater ici tout

ce que Yulinka eut à souffrir pendant ce long voyage. Au rapport de tous les historiens, les peuples du Nord n'avaient point de villes, et vivaient dispersés dans les champs selon que l'intérêt ou le besoin les fixaient. Aussi leurs villages n'étaient point, comme ceux des peuples méridionaux, composés de maisons contigues. Ils laissaient autour de leurs habitations un espace libre, soit pour se garantir du feu, ou parce qu'ils ignoraient l'art de construire des édifices. Quand ils voulaient rendre leurs demeures plus élégantes, ils les enduisaient d'une terre fine et brillante pour imiter les nuances de la peinture. Ils creusaient ensuite des souterrains qu'ils chargeaient de fumier, et où ils se retiraient pendant l'hiver pour y chercher un abri contre les froids excessifs. Ils y cachaient aussi leurs grains en temps de guerre, pour les dérober aux recherches de l'ennemi.

Dans toutes les maisons on laissait courir les enfans sans vêtemens, afin qu'ils pussent acquérir cette vigueur et cette taille avantageuse qu'on leur connaissait. Jamais on ne confiait à des mains étrangères le soin de les nourrir; les enfans des maîtres n'étaient pas élevés avec plus de délicatesse que ceux des esclaves; ils vivaient pêle-mêle ensemble aux milieu des troupeaux, couchaient sur la même terre jusqu'à ce que l'âge ou la vertu séparât l'homme libre de celui qui ne l'était pas. On a remarqué que les oncles n'avaient pas moins d'attachement pour les enfans de leurs frères et sœurs, que pour leurs propres enfans ; quelques-uns allaient même jusqu'à regarder ce lien du sang, comme le plus sacré de tous ; cependant chacun avait pour héritiers ses propres enfans, et à défaut d'enfans, ses frères, ses oncles paternels ou maternels. Ces peuples ne connaissaient pas l'usage des testamens, et plus un vieillard avait de parens ou d'alliés, et plus il était révéré.

L'union qui régnait entre les familles était telle, que toute une lignée devait épouser les querelles et les liaisons du chef et des membres. Cependant les haines n'y étaient pas implacables, on pouvait même racheter le meurtre, en offrant à la partie lésée une certaine quantité de bétail à titre de réparation.

Il n'y avait point de peuple qui exerçât plus généreusement les devoirs de l'hospitalité. On eût regardé comme un crime de fermer la porte à un homme quel qu'il fût ; on le traitait alors de son mieux, et quand on n'avait plus rien à lui offrir, on lui montrait une autre maison où il était de même hébergé. Chacun mangeait à une table séparée, et l'on regardait comme une chose fort ordinaire de passer les jours et les nuits à boire, ce qui occasionait souvent des querelles se terminant par des injures, et plus souvent encore, par des scènes sanglantes. Comme pendant ces repas, l'âme est plus ouverte à la franchise, on y traitait de toutes sortes d'affaires, de la paix et de la guerre, et le lendemain on les discutait de sang froid. La boisson ordinaire de ces peuples, était, comme encore de nos jours, une liqueur composée d'orge ou de blé qu'ils faisaient fermenter. Ils ne connaissaient point l'usage de prêter de l'argent à l'intérêt, la terre était à leurs yeux un patrimoine commun que chacun cultivait après l'avoir partagée, selon son rang et le nombre de ses enfans.

Les contrées que Yulinka et sa suite traversèrent, étaient remarquables par ces beautés sauvages, telles qu'on en rencontrait encore à cette époque dans plusieurs pays du Nord, que le christianisme n'avait pas encore vivifiées de son souffle civilisateur. Le ciel souvent couvert d'épais nuages, ne paraît verser qu'à regret, pendant plusieurs saisons de l'année, sa lumière sur la terre. A chaque pas les voyageurs rencontraient des arbres presque aussi vieux que la terre, dont les branches touffues interceptaient souvent le passage, et les compagnons d'Yulinka furent plus d'une fois obligés d'avoir recours à leurs lourdes épées pour franchir ces obstacles. Quelquefois le silence de ces sombres forêts était tout-à-coup interrompu par la chute de ces cîmes énormes que le vent arrachait aux troncs, et qu'il précipitait avec un fraças épouvantable sur le sol humide. Plus loin on entendait les cris rauques et monotones d'oiseaux voraces ; là les hurlemens des ours cherchant une proie, là les fraças d'un torrent tombant d'un rocher escarpé et faisant gronder les échos de ces lieux âpres et incultes.

Il fallut une force d'âme comme celle d'Yulinka pour braver tous ces dangers ; il fallut un motif aussi puissant que celui de délivrer un père, pour soutenir ce courage qui semblait se roidir contre la fatigue et les privations de tout genre pendant un voyage si pénible.

Ah ! si la fille d'Horismond eut été une de ces âmes ordinaires, elle se serait retirée cent fois au château de Honéda, sans exécuter un plan hérissé de tant de difficultés ; mais de quoi n'est pas capable la piété filiale ? Un soir elle arriva fort tard, dans un village dont les habitans étaient redoutés dans toute la contrée par leur férocité. Plus d'une fois elle avait été obligée de s'arrêter en route ; ses pieds blessés et ensanglantés refusaient de la porter plus loin. Un des hommes de son escorte alla frapper à la porte d'une des maisons. Une

femme, vêtue d'une soie sale et déchirée, vint
ouvrir, et s'étant informée de quoi il s'agissait,
elle vomit un torrent d'injures contre la jeune
fille et sa suite, et referma la porte. Yulinka craignant d'obtenir un pareil refus en se présentant
devant d'autres habitations, défendit à ses gens
de ne rien demander, et préféra passer la nuit à
la belle étoile.

La jeune vierge profita de cette occasion pour
faire naître dans le cœur de ses guides des doutes
sur le paganisme, en relevant à leurs yeux la
doctrine si consolante de la religion de Jésus-Christ.
Elle usa cependant de précaution pour ne point
trahir le secret de sa conversion. Parmi les hommes qui l'accompagnaient, se trouva Dobry, jeune
guerrier, qui avait cent fois donné des preuves
de dévouement à la cause d'Horismond. Il avait
souvent entendu parler de la foi chrétienne, et
avait même manifesté le désir de la connaître,
pour établir une comparaison entre elle et l'idolâtrie; il s'ouvrit à cet égard à Yulinka; qui,
connaissant sa franchise, lui exposa quelques-
unes des hautes vérités de notre foi, en le priant
d'y réfléchir. Dobry le lui promit. Ainsi la fille
d'Horismond devint à son tour la propagatrice du
christianisme, et chercha, par son zèle, à payer la
dette de la reconnaissance qu'elle devait à Dieu
du bienfait qu'elle venait d'en obtenir.

VII

UN ENTRETIEN.

ENFIN, après un voyage pénible, Yulinka arriva
avec sa suite aux postes du camp du roi de Samland. Les soldats voulurent la repousser, mais
elle persista dans sa demande à y pénétrer, et
pria un des chefs de la conduire à la tente du prince. On délibéra sur cette demande, et on fut sur
le point de la lui refuser, lorsqu'elle aperçut dans
le lointain un groupe de cavaliers se dirigeant
vers l'endroit où elle se trouvait. Elle attendit
quelque temps, puis voyant les chevaliers plus

rapprochés, elle poussa tout-à-coup de grands cris pour se faire remarquer. Aussitôt un des cavaliers lança son cheval, et vint s'arrêter à deux pas des guerriers qui entouraient la jeune fille. Il fit signe de la faire approcher, et lui demanda ce qu'elle désirait.

— Je voudrais, dit-elle avec une noble contenance, parler au roi de ce pays, pour lui exposer une affaire de la plus haute importance.

— C'est moi-même, lui répondit Culmanow. — Il descendit ensuite de cheval, fit retirer ses guerriers, et lui dit de s'expliquer.

— Je suis Yulinka, la fille unique d'Horismond, votre prisonnier. Je viens de bien loin, et à pied, vous apporter une partie de la rançon que vous exigez pour le rendre à la liberté, et vous prier de me retenir en prison à sa place, jusqu'à ce que toute la somme stipulée vous soit payée. Ah ! prince, ne me refusez pas cette grâce, ne repoussez pas une fille qui vous supplie pour un père infortuné. Et en prononçant ces dernières paroles, elle se précipita aux pieds de Culmanow.

Le jeune monarque, vivement ému, la releva, et voyant qu'elle était épuisée par les fatigues de ce long voyage, il ordonna à quelques-uns de ses soldats de la porter à sa tente. Ceux-ci, déposant tout-à-coup leur férocité, placèrent sur quelques lances un bouclier sur lequel ils firent monter Yulinka, pour la porter ainsi comme en triomphe à la tente de leur chef.

Cette réception bienveillante, cette attention de la faire porter à une tente, parurent d'un heureux augure à la fille d'Horismond. Elle ne put allier dans son esprit la peinture qu'on lui avait faite de Culmanow avec la bonté qu'il venait de faire paraître. Elle avait cru trouver un guerrier barbare, un homme sans entrailles, un vil tyran qui vexait horriblement son père, et elle avait rencontré un jeune guerrier à la taille riche, d'un extérieur noble et gracieux, dont la figure annonçait une âme droite et compatissante. Elle aussi fut émue à la vue de cet homme qui lui paraissait digne de commander à un peuple moins barbare. Elle ne fit donc nulle difficulté de lui exposer toutes ses peines et lui apprit tout ce que Lomjra et Stribor avaient tramé contre son père Horismond, comment ils avaient gagné au Judaïsme une foule de guerriers distingués, en un mot, elle fit connaître la situation des choses dans sa patrie, et finit par lui offrir de nouveau sa liberté et sa vie même, pour arracher aux fers l'auteur de ses jours.

— Point du tout, lui répondit Culmanow avec feu, votre vie et votre honneur seront respectés

8.

ici, et quoiqu'il ne soit pas en mon pouvoir d'accéder à toutes vos demandes, cependant vous trouverez en moi un protecteur et un ami. Vous croyez peut-être, noble Yulinka, que j'exerce un pouvoir suprême sur ces peuples soumis à mon autorité! Vous croyez aussi que je cherche à faire périr votre père pour m'emparer de ses états, puisque j'ai exigé une rançon si forte! Détrompez-vous! Il n'en est rien de l'une et de l'autre supposition. Je suis un esclave couronné. Voilà mon sort. Si j'étais maître absolu, il y aurait long-temps que votre père serait libre. Horismond sait que je l'aime; il connaît l'amitié que je lui porte. J'ai appris hier que Stribor et Lomjra conspirent en secret contre lui. Yrgard, un des chefs de l'armée que commande Stribor, ayant voulu prendre la défense d'Horismond et s'opposer aux vues de ce traître, fut obligé de s'enfuir, et vint me demander la faveur de se jeter sur nos frontières pour échapper à la mort avec une troupe d'autres sujets restés fidèles à votre père. Je le reçus, lui assignai un endroit où il put s'arrêter, je lui fournis même des vivres au lieu de le traiter en prisonnier de guerre. A l'issue d'un entretien que j'eus avec lui, je lui conseillai de repasser les frontières, de se frayer un passage avec la troupe qui lui restait et à laquelle j'ajoutai deux cents de mes guerriers, pour de là se porter sur les états de son prince prisonnier chez moi, de s'emparer du château de Honéda ainsi que du trésor qui y était renfermé sous la garde de Lomjra, de m'envoyer au moins soixante livres d'or, m'engageant à compléter de mes propres fonds la somme de cent livres exigées par les prêtres de Perkunas. Ces derniers, il faut vous le dire, sont plus puissans que moi dans mes états. Ils ont trouvé moyen de gagner le peuple à leur cause; ils ont publié plusieurs sentences des anciens oracles, et ont fait dire à nos dieux des choses que tout homme sensé rougirait d'avancer.

Un prince est à plaindre quand il ne voit partout autour de lui que des flatteurs au lieu d'amis. La conduite que je tiens envers Yrgard, le fidèle ami de votre père, fut connue du public; on m'accusa aussitôt de trahison envers la patrie, d'intelligence avec votre père, l'ennemi des dieux, et on me somma de le livrer pour le faire périr; je m'y refusai. Les prêtres de mon pays ont été entraînés par ceux qui sont sortis de votre patrie, et qui ont provoqué tous les maux de cette horrible guerre entre vous et nous. Je fus obligé de céder à la violence que me fit mon peuple de me déclarer contre votre père qu'on regarde ici comme un déserteur du culte de vos ancêtres. Depuis ce moment, je ne suis plus le chef, mais le serviteur de mes sujets. Qu'en adviendra-t-il de tout cela?

Yulinka, qui avait écouté ce récit en silence, poussa un profond soupir, plaignit et son père Horismond et Culmanow, qui étaient exposés tous deux à tomber sous les coups de ce peuple barbare et fanatique. Après quelques instans d'attente, et, après s'être assuré que personne n'était là pour l'écouter, Culmanow reprit :

— La religion est à mes yeux le premier bien de l'homme, et je regarde les prêtres qui nous l'annoncent comme les ambassadeurs de la divinité même se révélant par leur bouche. Je dis de la divinité, car il m'est impossible de persuader à mon esprit qu'il puisse y avoir autant de dieux que croit le vulgaire. Il n'y a qu'un soleil qui éclaire cet univers, de même il me semble qu'il ne doit y avoir qu'un seul Dieu, éternel, tout-puissant, infini, sage et juste. J'ai beau raisonner sur cette matière si grave, je ne puis vaincre la résistance de mon esprit. En adorant le soleil, je ne puis rendre en même-temps mes hommages à la lune, en reconnaissant le feu comme une divinité, je ne saurais me prosterner aussi devant l'eau : deux principes qui s'excluent mutuellement ne peuvent gouverner le monde. Plus je considère la nature, plus je cherche à lire dans ce livre sans cesse ouvert à nos regards, et plus je conçois que tout ce qui est créé doit son existence, et est gouverné par un seul être souverainement bon.

— Et qui donc, demanda Yulinka, a jeté dans votre cœur le germe de ces hautes vérités? Est-ce au milieu de ces peuples barbares que vous les avez puisés?

— Non, c'est pendant une excursion que j'ai faite en Pologne il y a quelques années. Là j'ai appris de la bouche d'un chrétien ce que je viens de vous exposer. Il m'a démontré l'absurdité et l'origine de l'idolâtrie; il m'a dit que, frappés d'admiration à l'aspect de ces globes majestueux qui roulent sur nos têtes, les anciens peuples se prosternèrent devant eux pour les adorer, et qu'ensuite ils passèrent insensiblement à d'autres objets pour leur offrir de même leur encens. Il m'a démontré la nullité de ce culte qui est une injure faite au créateur. J'ai compris que c'était en effet une chose insensée de la part de l'homme et injurieuse à Dieu, que d'adorer des astres qui ne peuvent pas exister par eux-mêmes, et qu'il était bien plus insensé encore de se prosterner devant des statues de bois ou de pierre. Si j'avais pu prolonger mon séjour dans ce pays là, je me serais fait instruire dans les dogmes de cette religion qu'on dit être bien supérieure à tout ce qu'ensei-

gnent les astres. A mon retour je fit part de tout
ce que j'avais appris à mes amis, et tous partagèrent mon opinion que le christianisme devait
être une religion sainte et digne de fixer l'attention des hommes. Tous nous fîmes des vœux pour
connaître ce nouveau culte, mais jusqu'ici ces
vœux n'ont encore pu se réaliser.

Yulinka fut vivement émue en entendant les
conférences que lui faisait ce prince. Culmanow
n'était plus un aveugle païen à ses yeux ; et elle
avait raison, car l'aurore du bonheur commençait déjà à luire dans l'esprit du monarque , son
âme pure présentait déjà la voie de la vérité : il
ressemblait alors à un Socrate, à un Platon, à un
Cicéron dont la haute intelligence perçait les ténèbres qui enveloppaient encore le vulgaire à l'é-
poque où ils vivait; seulement il avait l'avantage
d'être né après l'apparition du Verbe divin sur la
terre et de vérifier les titres que le Messie a à
notre reconnaissance et à notre amour. Déjà ils
s'est élevé jusqu'à l'idée d'un seul Dieu , il reconnaît l'absurdité du polytéisme , il sent le besoin d'une religion plus auguste que ce vain si-
mulacre de cérémonies ridicules dont l'insuffisance
lui paraît si clairement démontrée, il a soif de vérité et de justice.

— Vous êtes malade, noble prince, lui dit Yu-

linka ; mais prenez patience, vous serez guéri.
Votre âme ressemble en ce moment à la fleur des
champs qui se dessèche parce qu'elle est privée
de la rosée rafraîchissante du ciel. Ne perdez point
l'espoir ! elle descendra sur vous, la rosée bien-
bienfaisante ; elle tempérera l'ardeur de votre
âme, et se répandra, je l'espère, sur tout le
pays. — Dites-moi, ajouta-t-elle, puisque vous
êtes devenu l'ami de mon père, Horismond re-
garde-t-il aussi l'idolâtrie comme un culte extra-
vagant ? Entrevoit-il aussi l'absurdité du polythéisme ? Son cœur et son esprit se soulèvent-
ils aussi contre les oracles mensongers de nos prêtres ? Oh ! dites oui ! je suis vivement intéressée
à savoir cela ; car je connais un remède pour vous
tirer tous deux des ténèbres dans lesquelles vous
êtes encore plongés, pour fixer vos incertitudes
et guérir vos plaies. Répondez-moi, prince, et
conduisez-moi à la prison de mon père.

Culmanow jeta un regard de surprise sur la
jeune vierge, lui apprit que dans plusieurs entretiens qu'il eut avec Horismond, il avait appris
que ce dernier était tourmenté des mêmes doutes
que lui. Il la pria ensuite de lui expliquer la
nouvelle doctrine de salut qu'elle paraissait si
bien connaître et après laquelle il soupirait si
ardemment.

Yulinka céda à ses désirs et lui avoua sans dé- tour qu'elle était chrétienne et qu'elle devait ce bonheur à un chevalier de l'Ordre Teutonique qu'on avait trouvé mourant sur le champ de ba- taille après le combat meurtrier dont il a été ques- tion plus haut. Elle lui parla ensuite de la reli- gion chrétienne, avec tant d'onction, que Cul- manow ne put retenir ses larmes et forma aussitôt le projet d'embrasser cette auguste foi. Mais le prince comprit que le temps et le lieu où il se trouvait alors ne lui permettaient point de s'oc- cuper sérieusement de cette grand affaire. Il céda donc au désir d'Yulinka et la conduisit à la tour où était détenu Horismond. Culmanow lui avait auparavant fait prendre quelque nourriture et lui avait donné des sandales pour couvrir ses pieds.

L'arrivée de cette jeune personne au pays des Samlandais s'était répandue partout le camp ; de tout côté on vit arriver des guerrriers avides de contempler ses traits ; on se racontait qu'elle ve- nait de bien loin, d'Honéda, qu'elle avait affronté mille dangers pour rejoindre son père. Comme personne, à l'exception de Culmanow, ne savait le véritable motif de sa démarche, chacun se livrait à des conjectures à cet égard ; Yulinka passait aux yeux des uns pour un être privilégié,

Baptême de Yulinka

d'autres la regardaient comme une amie des dieux; ceux-ci en faisaient une puissante magicienne, ceux-là une fille de quelque divinité. Sa jeunesse, sa candeur, son maintien noble, son dévoue-ment, son extérieur gracieux, tout concourait à grossir les qualités qu'on lui supposait.

Qui pourrait retracer le bonheur d'Yulinka, lorsqu'elle se trouva enfin en la présence de son père chéri? Qui dépeindrait de même la surprise d'Horismond, à la vue de sa fille? Après les premiers transports, Yulinka commença à expo-ser les motifs qui lui avaient inspiré cette longue et périlleuse excursion.

— O ma fille! s'écria le père attendri, si tu étais tombée entre les mains des prêtres de ce pays, tu aurais partagé mon sort, on t'aurait plongée dans un cachot.

— Le ciel m'a protégée, répondit la jeune vierge, je me porte bien, et heureuse de vous revoir.

— Et qui donc t'a inspiré la pensée de te dé-vouer ainsi pour moi?

— La triste situation de Honéda, l'état dans lequel se trouvent les affaires de votre gouverne-ment et de votre maison.

Elle raconta ensuite avec calme et sans exagéra-tion tout ce qui s'était passé au château, depuis le jour où cette guerre cruelle avait arraché Horismond à ses foyers. Ce prince ne put d'abord trahir son émotion en apprenant des détails qui l'affligeaient , mais ses regards découvrirent tout-à-coup la chaîne d'or que Hermann avait donnée à Yulinka , et que celle-ci portait suspendue à son cou. Il vit aussi les images du Christ et de la sainte Vierge , qui étaient des objets d'horreur à ses yeux , et lorsque sa fille prononça par mégarde le nom du Chevalier, Horismond s'élança de son banc , et s'écria d'un ton de fureur :

— Ah ! malheureuse ! mes craintes se sont donc réalisées ! tu t'es laissée gagner à la doctrine de cet homme infâme , à ce que je vois ! tu as déshonoré ma famille en embrassant ce culte nouveau; c'est ton infidélité ainsi que celle de Lomjra et de Stribor qui a attiré sur mes états et sur moi tous les malheurs qui m'accablent. dieux vengeurs, qui que vous soyez, Perkunas, Pikullos, Potrymbus ou Bolus, j'appelle votre colère sur la tête des traîtres qui ont si lâchement abandonné vos autels pour se prosterner devant un Dieu inconnu à nos ancêtres !

— Mon père , mon père ! s'écria Yulinka en se précipitant aux pieds d'Horismond , ceux que vous venez d'invoquer contre votre famille , ne sont pas des dieux , mais des êtres fantasques qui n'ont point d'existence. Il est un seul Dieu, créateur de toutes choses, bon, juste, miséricordieux, c'est celui-là que je reconnais, que j'adore, que....

— Retire-toi d'ici, fille indigne de moi; tu t'es révoltée contre les dieux et contre moi, tu ne mérites plus de porter le nom de fille d'Horismond. Et il la repoussa loin de lui avec impétuosité, déchira ses vêtemens, s'arracha les cheveux et remplit le cachot d'imprécations et de blasphêmes que notre plume se refuse à transcrire ici.

Yulinka, fondant en larmes et poussant des soupirs, sortit de la prison. Le regard élevé au ciel, elle sembla prier pour celui qui la maltraitait ainsi, et pour le salut duquel elle était prête à souffrir beaucoup plus encore. Elle reconnut, ce qu'elle avait souvent vu au château de Honéda, le caractère entier et pétulant de son père, que la rigueur d'une étroite prison ainsi que les nombreuses privations qu'il avait essuyées, n'avaient pas encore pu dompter. Elle s'agenouilla dans un coin du vestibule et conjura le Seigneur de toucher le cœur ds son père.

Culmanow, qui était présent à cette scène, entreprit de calmer l'irritation d'Horismond. Il lui dépeignit le tendre dévouement d'Yulinka, il lui

9.

représenta que le traitement barbare qu'il venait de lui infliger était tout au désavantage du paganisme dont il se croyait le vengeur, tandis que la patience et la soumission de la jeune fille prouvaient en faveur de la religion qu'on voulait persécuter en elle.

Horismond, honteux de s'être si indignement conduit à l'égard de celle qui lui était si tendrement dévouée, se rendit à ces raisons et se leva pour faire rentrer Yulinka au cachot. Elle était encore agenouillée dans son coin, et retourna sur le champ auprès de son père auquel elle prodigua de nouvelles caresses pour le faire revenir de son égarement momentané. A l'aspect de cette piété filiale, Horismond prit la main de sa fille et la posant sur son cœur :

— Je viens de te mettre à une rude épreuve, mon enfant, lui dit-il ; mais tu connais la violence de mon caractère, qu'une longue captivité a encore aigri davantage ; pardonne-moi, et oublie ce moment où j'ai pu te méconnaître. Seulement je te prie de cacher cette chaîne et cette croix qui y est suspendue ; mon cœur abhorre ces objets, parce qu'ils me rappellent des souvenirs trop cruels. Mais ne pleure pas, mon enfant, je n'entends point t'interdire la pratique de la religion que tu as embrassée, puisque je vois qu'elle n'a pas diminuée en toi l'amour que tu me dois.

— Loin de là, mon père, répondit Yulinka, car c'est la religion de Jésus-Christ qui m'a inspiré la pensée de vous délivrer, qui m'a soutenue dans ce voyage périlleux entrepris par amour pour vous. C'est Hermann, ce noble chevalier dont vous méconnaissez la vertu, que vous aviez voué à la mort, qui m'a engagé à faire une collecte pour vous rendre à la liberté. Si cette religion était fausse, si elle était mauvaise, pourquoi Hermann n'a-t-il donc pas cédé aux désirs de Lomjra pour s'emparer de vos trésors et vous précipiter du trône ? Il n'eût tenu qu'à lui, et ce fut pour le punir de sa résistance, que votre indigne épouse le condamna à périr de faim pour être ensuite dévoré par les serpens. Je vous le demande maintenant, auriez-vous trouvé, trouveriez-vous encore parmi les sectateurs des doctrines désolantes du paganisme des hommes aussi probes, aussi délicats, aussi généreux que ce digne chrétien ? Il aurait pu se venger d'un ennemi qui avait voulu le sacrifier à ses dieux, et il ne l'a pas fait ; bien plus, il s'est une seconde fois exposé à la mort plutôt que de manquer à ce que lui prescrivait sa religion : il a pardonné, il a rendu le bien pour le mal. Voilà, mon père, les effets du christianisme ! Jugez maintenant si cette religion est meilleure que le paganisme dont vous vous êtes constitué le défenseur.

Horismond était atterré par ces paroles d'Yulinka. Il ne savait qu'y répondre. Il succombait en quelque sorte sous le poids de ces vérités dont il ne put méconnaître la haute importance. Après un moment de silence, il reprit :

— Mais ce que je ne puis comprendre dans l'enseignement de cette religion, sont l'obligation qu'elle fait à ses disciples d'aimer ceux qui les haïssent, de prier pour ceux qui les persécutent, de rendre le bien pour le mal, de s'interdire toute pensée de vengeance même à l'égard de ceux qui ont trahi, calomnié et persécuté. Voilà ce qui passe les bornes de mon intelligence.

— Je conçois, répondit Yulinka, que ce commencement vous paraisse difficile à exécuter, mais tout devient possible à celui qui croit. Les forces que donne cette foi à l'âme qui lui est dévouée, rendent léger le joug qu'elle impose. Vous voyez que tout ce que vous venez d'exprimer est possible, puisque le chevalier l'a accompli et il l'a fait sans qu'il lui en ait coûté, car il aime son Dieu, comme il me l'a plusieurs fois répété, et quand on aime, tout devient facile. Ainsi ne croyez point que le christianisme commande des

choses impossibles ; des choses difficiles , oui ;
mais des choses impossibles , non.

— Cette religion peut être belle , j'en conviens,
mais avant tout il s'agit de savoir quel sera le
le succès de la démarche que fait ma fille pour
me procurer la liberté. Qu'en pensez-vous, prince
Culmanow ?

— Je ne sais que répondre à cette question ,
répondit ce dernier. Yulinka n'apporte que vingt
livres d'or ; les prêtres en exigeant cent, je ne
crois pas qu'ils se contenteront d'une somme si
faible.

— Je crois , reprit Horismond , qu'il nous fau-
dra employer la ruse au lieu de la force pour nous
tirer d'embarras. Dans la situation présente des
esprits , il sera très-difficile de faire entendre raison à mes ennemis. Je crois...

Pendant que les deux amis discutaient, un des
chefs vint frapper à la porte et demanda à
parler à Culmanow. Ce prince sortit , rentra un
quart d'heure après et annonça que le parti à la
tête duquel se trouvaient les prêtres , ayant appris que la fille d'Horismond était arrivée pour
traiter de la rançon de son père , avait déclaré
qu'il ne relâcherait pas une obole du prix convenu , et que, pour prouver sa ferme résolution , il
allait transférer la nuit même Horismond dans

une autre prison , dans la crainte qu'on ne cher-
chât à l'enlever.

Cette nouvelle causa une vive surprise aux
deux princes , Horismond surtout en parut accablé. Culmanow ne perdit point courage, prit congé
du prisonnier et d'Yulinka , et se retira dans sa
tente où il convoqua aussitôt quelques-uns de ses
confidents. Après une longue délibération , il fut
décidé que, pour empêcher cette translation d'Horismond dans une autre prison , on ferait une
fausse attaque du camp , afin d'y attirer les troupes dévouées au parti des prêtres , que pendant
cette attaque, on chercherait à pénétrer dans la
tour où était enfermé le père d'Yulinka , sous prétexte de resserrer ses liens , qu'on le tirerait ainsi
du cachot à l'aide d'un déguisement , qu'Yulinka
serait extraite de la prison, à l'entrée de la nuit,
et conduite dans une maison, pour, de là, être
dirigée vers la forêt et s'arrêter à un endroit désigné comme lieu du rendez-vous commun. On
devait profiter du tumulte et des ténèbres pour
passer les frontières et ramener Horismond dans
ses états. Culmanow, qui était l'auteur de ce plan,
voulut ainsi s'expatrier lui-même pour se soustraire à l'empire des prêtres païens , espérant
rentrer plus tard dans son royaume qu'il comptait purger du culte de l'idolâtrie pour lui substi-
tuer celui de l'Evangile.

Tous les chefs présens à cette réunion, promirent de s'occuper de l'exécution de ce plan, et de prendre toutes les mesures propres à en assurer le succès.

A la chute du jour un de ces officiers se présenta par ordre du roi à la prison pour en extraire Yulinka et annoncer à Horismond le plan projeté pour le délivrer. La jeune fille le suivit sans résistance et se retira dans la maison indiquée.

Culmanow monta à cheval et se dirigea avec une faible escorte vers la partie opposée du camp où devait avoir lieu l'attaque. Pendant qu'il était occupé à examiner un fossé creusé à une petite distance d'une rivière qui séparait le camp de la forêt, un soldat vint à franc étrier lui apporter la nouvelle que Stribor attaquait les retranchemens. Culmanow se contrefit admirablement devant ceux qui l'entouraient, leur ordonna de rester à la même place où ils se trouvaient alors pour surveiller tous les mouvemens de l'ennemi, que, quant à lui, il allait se porter à l'endroit où sa présence était nécessaire.

Ce fut l'affaire de quelques momens, et tout le camp fut rempli de tumulte. Les officiers qui étaient dans le secret surent si bien manœuvrer, donner des ordres opposés les uns aux autres,

9.

perdre leur temps à prescrire de fausses mesures,
leurrer les soldats, les faire marcher tantôt d'un
côté, tantôt de l'autre, que le roi parvint à les
tromper, à délivrer Horismond, à se retirer dans
la forêt, Yulinka et une vingtaine d'autres personnes, pour de là, passer les frontières et marcher sur Honéda. La ruse qu'on avait employée
réussit à l'aide d'un nouveau stratagème. On mit,
par ordre de Culmanow, le feu à un immense
tas de foin et de paille destiné aux chevaux de
l'armée. La confusion que causa cet incendie, qui
menaçait de se communiquer aux bagages, favo-
risa l'évasion des personnes ci-dessus désignées,
ainsi que d'une centaine d'officiers et soldats dévoués à Culmanow, qui profitèrent du désordre
pour aller rejoindre ce prince, s'expatrier avec
lui, et le protéger en cas d'attaque.

Lorsque la petite troupe, à la tête de laquelle
marchaient Horismond, sa fille et Culmanow fut
arrivée sur une éminence au-delà des frontières
de Samland, elle s'arrêta quelques momens pour
reprendre haleine. La précipitation que l'on avait
mise à exécuter cette combinaison de laquelle dé-
pendait le salut d'Horismond, n'avait point permis qu'on songeât à se procurer des vivres pour
la route; d'ailleurs on eût craint de divulguer le
secret en prenant ostensiblement des mesures à cet

égard, on se confia donc au hasard, les soldats et les officiers eurent recours à leurs armes pour fournir des provisions, et ils n'en manquèrent pas. Tout le monde fut obligé d'admirer le courage d'Yulinka; qui, à peine arrivée auprès de son père, se remit aussitôt en marche pour retourner dans sa patrie. Mais le bonheur d'avoir rejoint Horismond, d'avoir contribué à briser ses fers, lui fit oublier ses fatigues. Quand ses forces ne répondirent plus à son courage, Culmanow la fit monter à cheval, quelquefois aussi les soldats construisirent un brancard avec des branches d'arbres, y placèrent leurs boucliers pour y faire monter la jeune fille, et de cette manière elle put continuer sa route avec les guerriers.

Cependant l'incendie avait continué une grande partie de la nuit au camp. Comme on ne parvint point à l'éteindre facilement, on finit par isoler le foyer du désastre en éloignant les bagages. Pendant que les uns étaient occupés à disputer à l'élément destructeur une partie de la provision destinée aux chevaux, les autres cherchaient à repousser l'ennemi qui n'avait fait aucun mouvement pour attaquer, et qui croyant au contraire que les Samlandais allaient forcer ses retranchemens, courut aux armes :

Tout-à-coup le bruit se répandit que le roi avait

été blessé, et qu'il s'était retiré dans sa tente pour se faire panser. On s'y précipita, mais le monarque n'y était pas. C'en fut assez, on le dit mort, et cette erreur contribua beaucoup à favoriser la suite de Culmanow et de sa suite.

Mais quelle ne fut la surprise des soldats et des prêtres samlandais, lorsque le lendemain ils virent qu'ils avaient été joués, que Horismond, Yulinka, le roi et une centaine de guerriers avaient passé les frontières! Ils crurent, dans le premier moment, que Culmanow s'était joint à Stribor pour revenir et saccager ses propres états. Cette supposition causa une violente explosion. Tous ceux qui ne voyaient dans cette guerre que la religion outragée, se livrèrent à des excès déplorables contre la mémoire de Culmanow qu'ils chargèrent d'horribles imprécations et sur lequel ils appelèrent toute la colère de leurs dieux. Les prêtres profitèrent de cette occasion pour se venger de ce prince dont la foi leur paraissait depuis long-temps suspecte, et prononcèrent contre lui une sentence de déposition. Voici les détails de cette ridicule cérémonie.

On choisit une nuit obscure. Un autel fut dressé au bord de la rivière sous un orme décrépit et que le temps avait dépouillé de la plupart de ses branches. Sur l'autel avait été placée par des esclaves la statue du *Czerny-Bog*, dieu des ténèbres, au pied de laquelle on alluma une seule lampe. Autour de l'arbre étaient rangés douze esclaves infirmes, dont quelques-uns ne marchaient qu'à l'aide de béquilles. Le Kirwaïto arriva enfin vers minuit, suivi de ses prêtres. Sa barbe était négligée; au lieu de la robe brillante dont il était revêtu dans d'autres solennités, il portait une saie déchirée; il tenait dans la main droite une branche de houx, sa gauche était armée d'un fouet; sa tête et ses pieds nus devaient rappeler la vivacité de la douleur qu'il éprouvait alors. Lorsqu'il eut pris sa place devant la statue du Dieu, il déposa la branche de houx et le fouet, leva au ciel ses mains, et d'une voix forte :

— Écoutez, dieux de la patrie, et vous tous que les peuples honorent sur la terre et sur l'onde, dieux protecteurs et vengeurs, je vous prends à témoins de la vérité que je vais proclamer. Il a trahi son pays, le prince Culmanow, en l'abandonnant; il est traître.

Et tous les autres ministres de la religion de répondre d'un ton lugubre : *Il est traître.*

— Écoutez, reprit Kirwaïto, peuples de la terre, vous tous qui aviez jusqu'à ce jour obéi à la voix de Culmanow; vous paraît-il coupable celui qui suivit l'étranger contre les intérêts de sa patrie?

Et tout le peuple de crier : *Il est coupable.*

— Ecoutez, ajouta le Kirwaïto d'un ton grave et solennel, vous tous prêtres et peuples; Culmanow est-il digne de commander plus long-temps à une nation qu'il a trompé dans son attente? Ou mérite-t-il d'être déposé?

Et toute l'assemblée de s'écrier avec frénésie : *Qu'il soit déposé.*

— Maudit soit le nom de Culmanow, reprit le Kirwaïto; maudit soit le pain qu'il mange; maudite l'eau qu'il boit; maudite la terre sur laquelle il se repose; maudit le sommeil qu'il prend; maudis les jours qu'il coule ici bas : maudit, maudit, maudit Culmanow !

Et tous les assistans d'appuyer par une triple acclamation, les malédictions prononcées par le grand-prêtre contre le prince fugitif.

Culmanow avait prévu cet orage, et ce fut pour se soustraire à l'odieuse tyrannie des prêtres fanatiques qu'il s'expatria.

Après les malédictions prononcées contre le prince, le Kirwaïto prit le fouet et en frappa vingt fois l'air en faisant le tour de la statue du *Czerny-Bog ;* ces coups signifiaient qu'ainsi on chassait Culmanow. Il divisa ensuite en quatre parties la branche de houx, et en jeta une partie au nord, une autre au sud, la troisième à l'est, la quatrième à l'ouest, voulant déclarer ainsi, que la colère des dieux poursuivrait partout cet homme maudit, tout comme les feuilles du houx piquent les mains de ceux qui y touchent.

Cette cérémonie fit une terrible impression sur l'esprit de ces peuples superstitieux. Culmanow fut regardé comme un être dévoué au *Czerny-Bog*, par conséquent exposé à tous les malheurs. Quelques jours après le Kirwaïto convoqua une assemblée générale du peuple dans la plaine qui avoisinait le camp. Des milliers de barbares y assistèrent en armes. Le grand-prêtre exposa dans une harangue pleine d'invectives contre le prince déchu le sujet de la délibération. Il s'agissait de l'élection d'un chef de l'état, ensuite d'un traité de paix entre Stribor et le Samland, puisque, par l'évasion d'Horismond, la guerre se terminait par le fait même.

La précipitation qu'on avait mise à prononcer la déchéance de Culmanow n'avait point permis au peuple de s'occuper du choix d'un successeur avec toute la maturité qu'exigeait une affaire d'une telle importance; aussi une foule d'ambitieux se mirent sur les rangs et briguèrent l'honneur du commandement suprême, quoique cette

charge fût entourée de graves difficultés à cause
de l'influence des ministres de la religion. Ces derniers étaient, comme en Prusse, divisés en plusieurs
castes, mais ils se réunissaient contre l'ennemi
commun, pour maintenir leur autorité.

On vit dans cette circonstance se renouveler
toutes les atrocités dont parlent les annales de
l'histoire des divers peuples, la guerre civile avec
toutes les horreurs ; chaque famille influente pro-
posa son candidat et le soutint par la force. Le
meurtre, le pillage, l'incendie, des embûches, la
division, tel fut le spectacle odieux que présenta
ce pays naguère si heureux et maintenant ravagé
par le fléau de l'anarchie la plus révoltante. Dé-
tournons-en nos regards et retournons au château
de Honéda pour y retrouver le noble chevalier
Hermann que nous avons perdu de vue depuis
quelque temps.

VIII

LA FIDÉLITÉ.

APRÈS le départ d'Yulinka, Hermann continua d'être l'objet des soins empressés de Cunnawil. Cette brave femme prit sur elle de le faire sortir du cachot où il était toujours détenu, et lui assigna un logement dans la partie du palais opposée à celle qu'occupait Lomjra : elle lui enjoignit à plusieurs reprises de sortir pour aller respirer un air plus pur, mais il ne profita point de cette liberté pour ne point compromettre celle qui se dévouait ainsi pour lui.

Le chevalier érigea dans son appartement un autel, où, à défaut de statues et d'images, il plaça une croix de bois sculptée de ses propres mains. Là, devant cet objet qui lui rappelait de si tendres souvenirs, il s'agenouilla souvent pour prier. Avec quelle ferveur il conjura le Seigneur de verser ses grâces sur ce pays idolâtre, de bénir les essais qu'il avait faits pour planter l'arbre de la vérité évangélique sur cette terre encore couverte de si épaisses ténèbres. Il charma ses loisirs en composant quelques poésies latines ; car Hermann avait, avant d'embrasser le métier des armes , fait ses études au monastère des Bénédictins de Saint-Pierre , à Salzbourg ; on avait même cru qu'il se destinait au service des autels, lorsque tout-à-coup il s'enrôla dans la milice chrétienne pour voler à la défense de la Terre-Sainte. Le digne chevalier composa entre autres une de ces pièces connues sous le nom de *Proses*, et que son ordre conserva. Elle se rapprochait pour le fonds de celle qu'on attribue au pape Innocent III, et qui devint célèbre sous le nom de *Stabat Mater*.

Dévoré de zèle pour la gloire du Seigneur, Hermann s'appliqua à gagner encore quelques âmes à la vérité. Cunnawil le seconda dans cette bonne œuvre, et , de cette manière, le pieux chevalier forma petit à petit une petite chrétienté au centre même de l'erreur. Lomjra, toujours souffrante et pouvant à peine se traîner d'une chambre à l'autre dans son palais, parut ne plus s'occuper du sort du prisonnier, et Hermann aurait pu mille fois s'évader si une voix intérieure ne l'eût retenu à Honéda.

L'absence prolongée d'Horismond, l'éloignement de Stribor et de la plupart des hommes en état de porter les armes, plongea le pays dans une horrible anarchie. Chacun voulait commander ou pour mieux dire, chacun voulait suivre son instinct brutal, vivre au dépend des autres, se livrer à la rapine, au brigandage, sans frein et sans loi. Cette licence se rapprochait de ce qu'on voyait à la même époque dans toutes les provinces du vaste empire germanique, où le droit du plus fort était devenu la loi suprême de ces tyranneaux qui vexaient, d'une manière horrible, les peuples privés presque de toute protection.

Les barbares de la Prusse ne se bornèrent bientôt plus au pillage des biens de leurs concitoyens, ils formèrent même la résolution d'attaquer la résidence de leur chef, le donjon de Honéda était à leurs yeux une proie, d'autant plus facile à conquérir, qu'ils ne comptaient pas y trouver de résistance et y faire un butin immense.

Ce fut pendant une de ces belles soirées d'été,

où , après les chaleurs accablantes de la journée ,
le cultivateur regagne sa paisible demeure pour
se reposer de ses fatigues, qu'une trentaine
d'hommes se rendirent en armes dans une forêt
voisine du château d'Horismond. Ils s'assirent à
l'ombre de chênes séculaires pour s'entendre sur
les dispositions à prendre dans l'attaque du donjon. Leur conversation s'anima bientôt au point ,
qu'un des esclaves du château , qui était à
la chasse, comprit parfaitement ce dont il s'agissait. Il rentra sur-le-champ à Honéda, et donna
l'éveil.

Cette nouvelle causa une vive inquiétude. Lomjra
était toujours malade et ne pouvait donner d'ordres, c'est ce que savait les brigands ; aucun des
guerriers, qui eût pu en prendre la défense, n'é-
tait présent , il ne restait que Hermann. Mais ici
se présenta une grave question. Ira-t-on supplier
le chevalier de se mettre à la tête des esclaves et
autres gens du château pour repousser l'attaque
projetée? Hermann se prêtera-t-il à cette demande? Ne refusera-t-il point de s'exposer pour ceux
qui l'ont si cruellement traité? Telles étaient les
inquiétudes que l'on se communiquait, et, cependant , il n'y avait pas de temps à perdre,
l'attaque devant avoir lieu au milieu de la nuit.

La vieille Cunnawil, qui connaissait si bien les

sentimens du chevalier, s'offrit à aller le trouver
et à le prier de se charger de la défense du château. Hermann fut surpris en apprenant la résolution des brigands. Il acquiessa sur-le-champ à la
demande de Cunnawil et prit les dispositions nécessaires pour repousser la tentative de ces hommes téméraires. Il arma non-seulement les esclaves, mais même les femmes. Il fit allumer un
grand feu au milieu de la cour du donjon pour
pouvoir mieux diriger les mouvemens et se posta
ensuite vers un endroit convenable d'où il pouvait
facilement veiller sur les opérations. On porta sur
la muraille des pierres, des dards, des poutres et
d'autres projectiles et on attendit les assaillants.
Ceux-ci se présentèrent enfin. Ils mirent dans leur
attaque une certaine molesse ; car, croyant marcher à une victoire facile et sûre, ils ne prirent
aucune de ces précautions propres à assurer le
succès d'une entreprise qui n'était, à leurs yeux,
qu'un jeu, croyant que Honéda n'était défendu
que par une femme malade et des esclaves.

Quelle ne fut leur surprise lorsqu'ils rencontrèrent partout des guerriers prêts à les repousser !
Hermann avait eu recours à une ruse. Les femmes,
elles-mêmes, étaient munies d'armes et distribuées
de manière à ce qu'on ne pût connaître leur sexe.
Les premiers qui essayèrent d'escalader les mu-

railles, furent écrasés sous les pierres qui pleu-
vaient sur eux; ceux qui leur succédèrent éprouvèrent le même sort. Hermann était partout donnant l'exemple de la plus rare intrépidité sans
pouvoir cependant chasser les barbares qui semblaient se multiplier. Craignant que les siens, qui
étaient bien inférieurs en nombre aux assaillans,
ne succombassent à la fin, il employa un de ces
moyens extrêmes qui lui réussit à merveille. Il fit
lancer sur les brigands des tisons et des poutres
enflammées. Le feu prit aux saies de quelques-
uns d'entre eux, et ils furent obligés de se retirer
en poussant des hurlemens affreux, ne voulant
point s'exposer à être brûlés vifs.

Ainsi échoua, par le courage et la fermeté de
Hermann, une entreprise qui pouvait avoir des
suites désastreuses pour Horismond et les siens.
Ainsi se vengea de son ennemi le noble chevalier,
et cette conduite lui gagna tous les cœurs.

Lomjra avait attendu, avec une vive anxiété,
l'issue de ce combat, et lorsqu'elle apprit enfin la
retraite des brigands, elle ne put s'empêcher de
témoigner sa reconnaissance à Hermann. Elle
surmonta le ressentiment qu'elle nourrissait dans
son cœur contre lui, le fit appeler, lui tendit la
main, en disant :

— Je viens, brave chevalier, lui dit-elle, vous

exprimer ma gratitude du service que vous venez de me rendre en repoussant ces lâches agresseurs. Horismond sera, à son retour, instruit de tout ; mais dès ce moment, vous êtes libre ; je vous prie de veiller à ce qu'à l'avenir notre château ne soit plus exposé à pareil malheur.

— Ce que j'ai fait, répondit Hermann, m'a été inspiré par la religion que je professe. Je suis le prisonnier d'Horismond, et quoique ce prince ait voulu m'immoler à ses dieux, j'ai regardé, comme un devoir de défendre sa cause, parce que le crime et l'injustice trouveront toujours en moi un adversaire. — Je suis libre, dites-vous ! Eh bien ! j'userai de cette liberté pour vous protéger, voilà la seule vengeance que je veux tirer de celle qui m'a condamné à périr de faim. Jugez maintenant laquelle des deux religions est la meilleure, de celle que vous professez ou de celle que je suis !

Lomjra fut terrassée par ces paroles et n'eut rien à y répondre. Elle fit un retour sur elle-même et fut obligée d'avouer qu'Hermann avait raison. Elle donna des ordres pour qu'il fût encore mieux traité qu'il ne l'avait été jusqu'à ce jour, et se demanda plus tard pourquoi lui ayant offert sa liberté le chevalier n'en profitait point. Mais Hermann avait ses vues que nos lecteurs connaissent sans doute, et l'avenir prouvera qu'il ne s'était point trompé.

Cette attaque nocturne n'eut point d'autres suites ; les brigands, honteux de leur défaite, ne reparurent plus sous les murs de Honéda, et la tranquillité ne fut plus troublée. Quelques jours après, l'on vit arriver tout-à-coup un cavalier demandant à entrer au château. Hermann, qui en était alors regardé comme le commandant, lui refusa l'entrée ; mais il apprit bientôt que ce cavalier avait été envoyé, par Yrgard, l'un des officiers d'Horismond. Hermann ne fit plus alors de difficulté et connut le motif qui l'avait amené. Yrgard arriva lui-même bientôt après, et donna à Hermann tous les détails sur la véritable situation des affaires de l'époux de Lomjra. Hermann reconnut en lui un de ces caractères francs, loyaux, ennemi de toute intrigue et s'ouvrit à lui sans réserve. Ces deux hommes étaient fait pour s'entendre et s'aimer ; l'un et l'autre brûlait du noble désir de rendre heureux le pays qu'ils habitaient momentanément ; car Yrgard n'y était pas né non plus et avait, tout comme Stribor et Lomjra, été arraché, à l'âge de dix ans, du sol natal pour être emmené en captivité par les Prussiens. Horismond l'avait fait élever dans les superstitions du paganisme qu'il détestait du fond de son cœur. Stri-

À l'aspect de Stanislas, les soldats se retirent épouvantés.

bor, au contraire, avait essayé de le gagner au judaïsme, et Yrgard, sans se prononcer pour cette dernière religion, laissa cependant échapper quelquefois des paroles bienveillantes qui gagnèrent la confiance du beau-frère d'Horismond.

Hermann et Yrgard devinrent amis, et se communiquèrent leurs pensées intimes. Le premier n'eut pas de peine à détromper l'autre, et à faire briller à ses yeux les lumières de la foi évangélique. Yrgard avait été baptisé, mais ne conservait de la foi de ses pères que des actions vagues, il lui fut donc facile de revenir à la religion chrétienne. Il descendait de Boleslas II, roi de Pologne, prince connu dans l'histoire par ses mœurs dissolues, et par un crime atroce qui valut à l'église catholique un martyr, et à ces peuples, un patron de plus au ciel.

Écoutons Yrgard racontant en partie lui-même l'histoire de son origine, telle qu'il l'avait apprise sur les genoux de son père, et telle que l'histoire nous l'a transmise après lui.

L'an 1030, le 26 juillet, naquit à Sezepanow, dans le diocèse de Cracovie, Stanislas Sezepanowski, fils de Wielislas et de Bogna, issus tous deux des premières familles de Pologne. Il fut le fruit d'une longue stérilité, et ne vit le jour qu'après trente ans de mariage de ses parens. Ceux-ci le reçurent comme un présent du ciel, et le consacrèrent au Seigneur dès le berceau. Ils le formèrent de bonne heure à la piété et à la vertu, leurs exemples et leurs leçons eurent les plus heureux succès ; car Stanislas montra bientôt un grand détachement du monde, un vif amour pour les pauvres, et un éloignement prononcé pour les frivolités du siècle. Toute la Pologne garde encore, à près de deux siècles d'intervalle, le souvenir de sa gravité, de ses mortifications, de sa piété et de ses mœurs angéliques. On montre encore l'endroit de sa chambre où il couchait sur la terre nue, on parle encore de sa sobriété, de sa patience à supporter le froid et une foule d'autres incommodités que sa naissance et son âge auraient pu lui interdire.

Ses parens, touchés à la vue de vertus si précoces, secondèrent les mouvemens de la grâce qui appelait ce fils à une plus grande perfection, et lui firent donner une instruction convenable. Lorsque Stanislas fut plus avancé en âge, il se rendit à Gnesne où était alors établie la première université du royaume de Pologne, pour y continuer ses études ; de là ils l'envoyèrent à Paris où il étudia avec ardeur le droit canonique et la théologie. On l'engagea à prendre le grade de docteur, mais il le refusa par humilité. La mort de ses parens

l'obligea à retourner en Pologne où il se vit pos-
sesseur d'une belle fortune. Il donna alors un
bien grand exemple d'abnégation, vendit tous ses
biens et en partagea le produit aux pauvres, afin
que, débarrassé des embarras du siècle, il pût servir Dieu plus librement.

L'évêque de Cracovie, Lampertzuta, témoin de
la vertu et appréciateur des talens du jeune Stanislas, l'incorpora à son clergé et l'ordonna prêtre quelque temps après. Plus tard il le nomma
chanoine de sa cathédrale, et lui confia le soin
d'annoncer la parole de Dieu à son peuple. L'éloquence du prédicateur, soutenue par l'éclat de ses
hautes vertus, produisit des effets admirables.
Stanislas devint bientôt le confesseur d'une multitude de personnes de tout rang ; d'autres le consultèrent sur leurs doutes en lui écrivant des provinces les plus éloignées, et le saint prêtre fit
ainsi un bien immense, ce qui rendit son nom
célèbre par toute la Pologne.

Après la mort de l'évêque Lambert, Stanislas
fut élu pour lui succéder ; toute la Pologne applau-
dit à ce choix, lui seul s'y opposa, il fallut que le
chef de l'église fît entendre sa voix pour le déci-
der à accepter des fonctions qu'il regardait comme
bien au-dessus de son mérite.

Le nouvel évêque justifia la haute opinion qu'on

avait de lui. Sa maison devint l'asile des pauvres dont il fit dresser une liste exacte pour les connaître tous. Entrer ici dans tous les détails de ce que son zèle lui inspira pour le bien de son peuple, serait chose impossible.

La Pologne était alors gouvernée par Boleslas II, prince qu'on m'a dépeint comme un tyran et un homme injuste, ce qui lui valut le surnom de *Cruel*. Je rougis presque d'avouer que je tire mon origine de lui. Un de mes ancêtres fut le fruit de son libertinage. Oubliant et la sainteté de ses devoirs d'époux et de chrétien, il foula aux pieds toutes les convenances, et se fit détester de ses sujets, sans que ses courtisans osassent l'avertir de ses désordres, parce qu'ils craignaient ses violences.

Un seul homme fut assez courageux pour le reprendre de ses vices. Il alla la trouver en particulier, et lui représenta l'énormité de ses fautes ainsi que le scandale qu'il donnait. Le monarque, frappé des observations de son évêque, parut rentrer en lui-même et fit même quelques promesses de s'amender, mais il ne tint point parole et retomba dans ses désordres. Ses flatteurs l'excitèrent encore davantage, et l'animèrent contre Stanislas.

Le roi ayant donné de nouveaux scandales, Stanislas eut recours à ses armes ordinaires, à la prière, pour intéresser le Seigneur en faveur de ce pécheur obstiné ; il se rendit ensuite à la cour avec quelques prêtres et quelques personnes de la première noblesse du pays, et conjura le prince de mettre un terme à ses débauches. Pour l'y déterminer il le menaça de le retrancher de la communion des fidèles.

Lorsque Boleslas entendit prononcer ces paroles, il devint furieux et menaça de se venger ; mais la conduite de l'évêque était irréprochable, il ne put dès-lors rien lui reprocher. Un de ses courtisans lui suggéra un moyen qui devait perdre à jamais le prélat.

Stanislas avait acheté une petite terre d'un de ses voisins pour l'unir à son église cathédrale. Ce fait servit à ourdir contre lui une trame odieuse et digne des auteurs qui l'inventèrent. Celui qui avait vendu la pièce de terre était un homme de basse extraction et très-pauvre. Le courtisan lui offrit une forte somme d'argent s'il voulait se prêter à l'infâme machination. Le pauvre, nommé Pierre, s'y prêta.

Quelques jours après, on publia par toute la ville au son des trompettes, que le lendemain l'évêque serait mandé de comparaître devant la justice, pour rendre compte de sa conduite. Une foule immense se précipita au palais pour assister à ces

10.

débats. Le courtisan du roi parut en qualité d'accusateur, et s'avança en disant :

— Noble prince! c'est sans doute une chose inouïe que de voir un homme de mon rang se porter accusateur d'un évêque ; mais je viens ici, au nom de la justice, pour démasquer la fraude, et je crois remplir un devoir. L'évêque Stanislas à acheté de son voisin Pierre, un champ, et a abusé de son crédit sur cet homme, pour ne point le payer. Ce malheureux a vainement réclamé la somme qui lui avait été promise, et ne l'ayant pas obtenue, il s'est adressé au roi. Le monarque n'a d'abord pas voulu ajouter foi à cette dénonciation, parce qu'il croyait l'évêque incapable d'une telle bassesse, ce qui porta Pierre au désespoir, et le poussa au crime d'attenter à ses jours. Je me présente donc à la place du défunt, et je somme l'évêque de fournir les preuves attestant qu'il a payé le champ à cet infortuné.

Le peuple murmura en entendant cette apostrophe adressée à un homme pour lequel il professait la vénération la plus profonde. Stanislas se leva de son siége et dit avec dignité.

— Puisque Pierre est mort, je ne puis l'interpeller ici pour qu'il atteste que je lui ai payé le champ en question. Vous sauriez que loin d'avoir à se plaindre de moi, cet homme a au contraire été fort content du prix que je lui ai donné. Mais je prends Dieu à témoin que ce champ a été payé, et je déclare que tout ceci n'est qu'une odieuse calomnie inventée pour me discréditer auprès du peuple. Il me serait facile de découvrir et d'en confondre l'auteur. Je pourrais....

Et tout le peuple de battre des mains pour venger son évêque.

Le roi, confondu par cette réplique et par les acclamations du peuple, ne pouvant condamner l'évêque, dit à haute voix :

— Puisque Stanislas prend Dieu à témoin d'avoir payé Pierre, et que personne ne peut prouver le contraire, je le décharge de la plainte portée contre lui.

— Vive notre monarque juste! vive notre évêque! s'écria le peuple avec transport, et l'écho du palais répéta long-temps ces paroles.

— Patience! écoutez, reprit le courtisan. Lorsque j'appris l'histoire de cette vente du champ, je me transportai à la maison de Pierre, mais cet homme était déjà mort, on l'avait même déjà couché dans une bière. Je témoignai mon indignation de tout ce qui s'était passé, lorsqu'on me dit qu'il se trouvait dans la ville un prêtre russe, homme d'une grande sainteté, et qui avait le don de faire des miracles. Je suis allé le trouver, je l'ai instamment prié de venir ici, et d'exercer son pouvoir sur le défunt pour le rappeler à la vie. Il y a consenti. J'ai aussi fait transporter ici le défunt dans sa bière, et si le monarque y consent, nous allons mettre ce saint prêtre en contact avec le mort.

Boleslas fit un signe de tête. Le prêtre russe (c'est-à-dire un imposteur qu'on avait gagné à force d'argent), vêtu d'un long manteau et s'appuyant sur un bâton, entra dans la salle. Quatre laquais apportèrent le cercueil et le placèrent sur une estrade devant le roi. Pierre avait consenti, moyennant une forte somme d'argent à s'y coucher et à contrefaire le mort. Le cercueil n'était pas fermé, on y avait aussi pratiqué des ouvertures pour que l'air pût y pénétrer et permettre au prétendu mort de respirer.

Il serait difficile de peindre la curiosité du peuple à la vue de ce qui se préparait. Il s'agissait d'un miracle, et ce miracle devait être opéré par un homme inconnu pour confondre un prélat dont tout un royaume connaissait la sainteté. Que de vœux secrets pour que Dieu ne permît point la confusion de Stanislas! Et Dieu allait faire éclater la force de son bras, les vœux de ce bon peuple devaient être exaucés.

Le soi-disant prêtre thaumaturge s'approcha

avec une gravité affectée du cercueil, salua le monarque, croisa d'abord ses deux bras sur la poitrine, puis tirant de sa poche un long parchemin qu'il déroula, il se mit à murmurer une formule de prière qu'il interrompit quelquefois pour jeter un regard sur le cercueil qu'on avait découvert. Puis déposant son parchemin, d'une voix sonore, il dit :

— Au nom du Très-Haut, je te commande, Pierre, de te lever et de rendre témoignage à la vérité !

Mais Pierre ne se leva point. Le prêtre, inquiet, lui commanda une seconde, puis une troisième fois de sortir de sa bière, mais toujours même immobilité. Il le prit enfin par la main, mais Pierre était devenu un cadavre, soit que l'homme fût trop âgé, soit que l'air lui eût manqué, il était mort.

Le peuple fit entendre un tonnerre d'applaudissemens; le roi, honteux de s'être prêté à une pareille comédie, se retira au milieu des huées de la multitude, le prêtre s'esquiva, l'accusateur se cacha pour se dérober à la fureur des assistans qui l'auraient précipité par la fenêtre, et l'évêque fut porté en triomphe chez lui, par ses fidèles diocésains.

Dans le premier moment, personne ne s'occupa

de cette mort, parce qu'on croyait que Pierre s'était en effet suicidé avant la scène qui venait d'avoir lieu ; mais lorsqu'on apporta son cadavre chez lui, sa femme en apprenant ce qui s'était passé, fut inconsolable et découvrit la vérité. Elle montra l'argent que le défunt avait reçu de l'évêque pour son champ, ainsi que celui que l'accusateur lui avait donné pour qu'il se prêtât à cette odieuse manœuvre. Elle raconta les ruses et les stratagèmes qu'on avait employés pour forcer en quelque sorte son mari à consentir à cette indigne action, le menaçant de la colère du roi.

Le peuple devint furieux en apprenant ces détails et menaça à son tour le monarque, son courtisan et le prêtre. Boleslas, craignant un soulèvement de ses sujets déjà dégoûtés de son gouvernement, sortit de Cracovie pour aller oublier à la chasse l'affront que lui avait causé cette triste affaire. Stanislas, au contraire, usa de son influence sur le peuple pour calmer l'irritation des esprits, et il réussit jusqu'à un certain point.

Loin de profiter de cette leçon, Boleslas n'en devint que plus audacieux dans ses projets. Il jura de tirer de l'évêque une vengeance proportionnée à l'affront qu'il venait de recevoir. Comme si une main invisible le portait au mal, il secoua toute pudeur, et laissa de nouveau un libre cours à ses passions. Après plusieurs semaines d'absence, il retourna à Cracovie, et annonça tout haut qu'il allait se débarrasser du prélat qu'il regardait comme le seul obstacle à ses volontés. Semblable à ces malades frénétiques, qui regardent comme leurs ennemis les médecins qui veulent les guérir, il s'emporta de plus en plus contre le saint, l'accabla d'injures toutes les fois que l'occasion s'en présenta, et chercha à lui susciter partout des ennemis.

Un jour il traversa tout seul une des rues les moins fréquentées de sa capitale. Tout-à-coup il crut entendre les sons d'une harpe. Il s'arrêta, prêta une oreille attentive. Une voix gracieuse qu'accompagnait l'instrument, fit entendre les sons les plus agréables. Il écouta quelque temps ses accords harmonieux, mais l'arrivée de quelques personnes le tira de sa rêverie, il continua son chemin après avoir toutefois bien examiné la maison d'où était parti la voix.

De retour chez lui, il prit des informations sur la personne qui l'avait ravi par son chant. Il apprit que c'était la fille d'un ancien sénateur du royaume, que l'âge et les infirmités avaient obligé de se retirer des affaires, que la jeune demoiselle, nommée Ludmilla, était fiancée à un seigneur allemand, et que leur union devait être célébrée au printemps prochain ; il apprit de plus que sa famille était alliée à celle de l'évêque Stanislas. Ces renseignemens lui suffirent.

Le lendemain il dirigea sa promenade encore de ce côté là , il entendit la même voix. Cette fois il n'hésita plus.

En entrant dans l'appartement de la jeune demoiselle , il s'excusa de la liberté qu'il avait prise de la déranger , mais en sa qualité d'amateur de la belle musique , il n'avait pu résister au plaisir de voir et de connaître de plus près celle qui savait faire vibrer avec tant de grâce les cordes de l'instrument , qui , à ses yeux , était le plus noble de tous les instrumens. Il la pria ensuite de continuer , mais Ludmilla qui avait reconnu le roi , balbutia quelques mots d'excuse , son émotion fut telle que la harpe resta muette entre ses mains.

Après quelques paroles insignifiantes , le roi aborda avec adresse les motifs qui l'avaient conduit là. Le mot de *reine des Polonais* acheva de convaincre Ludmilla qu'elle ne s'était pas trompée dans ses appréhensions. Elle pria le monarque de se retirer et de ne plus s'occuper d'elle. Pour toute réponse, et pour ne point se compromettre ce jour là , il se retira, mais laissa glisser sur une petite table un riche collier de perles.

Cette visite, ces paroles de flatterie tombées de la bouche de Boleslas, ce cadeau vraiment royal, firent une vive impression sur la jeune fille. Une imagination de seize ans s'exalte si facilement! Ludmilla fit des rêves d'or. Le trône de la Pologne lui parut digne d'elle; mais Boleslas avait déjà une épouse ! ! ! N'importe!

Pendant que Ludmilla se berçait ainsi de rêves, sa mère entra dans l'appartement. A la vue de la pâleur, de la préoccupation de sa fille, la dame devint inquiète, et lui adressa une foule de questions. Ludmilla lui exposa ce qui venait de se passer, et lui montra le collier que Boleslas avait déposé. La mère comprit tout.

— Mais, ma fille, lui dit-elle, tu n'es plus libre, tu es la fiancée du comte Malentin; pourrais-tu oublier les promesses que tu lui as faites?

Ludmilla ne répondit rien, mais son silence en dit plus que toutes ses paroles auraient pu dire. La mère, vivement inquiète, alla sur-le-champ trouver son mari auquel elle exposa, les larmes aux yeux, ce qu'elle venait d'apprendre. Le sénateur fut comme frappé de la foudre en apprenant cette nouvelle qui allait renverser toutes les espérances qu'il avait fondées sur l'union prochaine de sa fille avec le jeune comte. Comme il n'y avait pas de temps à perdre, la mère, crai-

gnant que Boleslas ne fit enlever sa fille dans la
nuit même, se rendit sur-le-champ auprès de l'é-
vêque Stanislas pour lui demander ses conseils
dans une affaire si grave. Le prélat fut vivement
ému en apprenant ce nouveau crime que prémé-
ditait le roi. Il engagea la mère à faire partir, le
soir même, Ludmilla pour la mettre en lieu de
sûreté, dans un monastère de la Bohème.

Ce conseil fut suivi, la demoiselle partit quelques heures après, accompagnée d'un de ses oncles, pour le couvent du Saint-Sauveur, situé à
dix-huit lieues de la frontière, où tout faisait espérer qu'elle serait à l'abri de toute poursuite de
Boleslas. On prit toutes les précautions d'usage
pour cacher cette fuite et cette retraite au monarque dans la crainte de s'exposer à son courroux.

Quelques jours s'étaient écoulés depuis le départ de Ludmilla, lorsque Boleslas reparut de nouveau dans la rue habitée par le sénateur. Il fut
cette fois cruellement désappointé. Les fenêtres
de l'appartement étaient fermées, la harpe était
muette, le chant avait cessé, tout annonçait quelque chose de sinistre, d'extraordinaire. Le monarque, poussé par sa passion, étouffa la voix de
la prudence et entra dans la maison du sénateur.
Il alla droit frapper à la porte du salon où quelques jours auparavant il avait vu Ludmilla; mais

cette porte était fermée. Il frappa à une seconde, puis à une troisième porte ; enfin, une voix de femme lui répondit. Il entra. La mère de la jeune demoiselle était assise près d'une fenêtre. Triste et pensive, elle s'occupait de Ludmilla. L'arrivée du roi la tira de ses rêveries et la fit tressaillir sur sa chaise. Elle prévit l'orage et voulut s'y soustraire en se retirant, mais Boleslas la retint, et d'un ton âpre :

— Où est votre fille ? Madame ! lui dit-il, je suis venu pour lui parler. Je l'ai destinée à être un jour mon épouse.

— Ma fille, votre épouse ? jamais.

— Quoi ! jamais ! Qui est-ce qui se permet de prononcer ce mot en présence de son souverain ?

— Ce que les courtisans n'oseraient sans doute pas, une faible femme, une mère éplorée a le courage de le prononcer.

— Où est Ludmilla ? je veux la voir.

— Vous ne la verrez pas.

— Je veux la voir ; et dussé-je bouleverser votre maison de fond en comble !

— Ludmilla n'est plus en ville.

— Quoi ! vous l'avez faite partir !

— C'était notre devoir !

— Vous parlez de devoir ! Connaissez-vous mes

11.

intentions? Le trône de la Pologne lui est destiné.

— Vous n'êtes point libre ; et d'ailleurs , vous le seriez , que ma fille ne serait jamais l'épouse d'un homme aux yeux duquel il n'y a rien de sacré , qui se joue de tout , qui...

— N'allez pas plus loin , femme insolente , répondit le roi furieux , ou craignez ma colère.

— Je ne crains point les hommes ; que pourront-ils contre moi? me faire mourir? J'aimerais mieux descendre dans la tombe que de voir ma fille malheureuse.

— Où est Ludmilla ?

— Elle est dans un monastère où votre bras ne pourra pas l'atteindre. Elle est en lieu de sûreté.

— Quoi! dans un monastère! s'écria le monarque dans un accès de rage. Je l'en tirerai, je l'en arracherai, et fût-elle au bout du monde.

— Calmez votre courroux , oubliez notre fille, vous ne la reverrez plus.

— Et qui vous a inspiré l'idée de la cacher dans un monastère? C'est sans doute cet évêque indigne , votre parent , mon ennemi , l'idole du peuple ! O Stanislas ! je me vengerai de toi , ton sang seul pourra apaiser ma colère.

A ces paroles, la dame poussa des cris lamenta-

bles qui furent entendus des gens de la maison.
Plusieurs des domestiques accoururent et se jetèrent sur l'homme qu'ils supposaient avoir mal-
traité leur maîtresse. La dame leur fit signe de se
retirer ; l'un d'entre eux reconnut le roi, et, de-
vinant de quoi il s'agissait, il prit poliment le monarque par le bras et le mit à la porte de la
maison.

Boleslas fut obligé de dévorer cet affront et retourna dans son palais dans un état d'exaspéra-
tion difficile à décrire. Les courtisans essayèrent
en vain de le calmer, et lui proposèrent des partis de chasse et autres distractions. Après un long
combat, ils parvinrent enfin à le faire rentrer en
lui-même, mais ce fut pour méditer de nouveaux
crimes.

Cependant Stanislas fit aussi de nouveaux efforts pour faire ouvrir les yeux à ce prince infortuné. Il lui demanda plusieurs audiences qui
lui furent refusées : enfin, il obtint la faculté de
lui parler; mais le monarque se moqua de ses conseils et l'accabla d'injures. Alors le saint évêque
ordonna des prières et des jeûnes pour obtenir de
Dieu la conversion de ce pécheur, et voyant que
Boleslas continuait à marcher dans la voie de l'i-
niquité, il le retrancha de la communion des fidèles.

Le monarque n'eut d'abord que du mépris pour l'anathème lancé contre lui , persista dans ses désordres ; il poussa même l'effronterie jusqu'à assister aux offices avec les fidèles. L'évêque ne pouvait tolérer ce scandale et ordonna qu'on cesserait tout office dès que le roi paraîtrait à l'église. Il se retira ensuite de la ville dans une chapelle dédiée à saint Michel. Le roi l'y suivit avec ses gardes. Il donna aussitôt , à quelques-uns de ses soldats , l'ordre d'aller massacrer l'évêque. Ceux-ci , étant entrés à l'église, furent tellement frappé de respect à la vue du prélat qui célébraient les saints mystères , qu'ils ne se sentirent pas le courage d'exécuter cet ordre barbare : Une autre troupe de soldats entra et revint de même sans avoir obéi au roi ; puis une troisième , à laquelle Boleslas promit une grande récompense, et qui, cependant, ne voulut pas se rendre coupable de ce lâche assassinat. Furieux de voir ses soldats lui refuser l'obéissance dans un moment qui devait le venger de celui qu'il regardait comme son ennemi , il mit la main à l'épée , s'ouvrit un passage à travers la foule , marcha droit à l'autel où Stanislas bénissait le peuple , après l'office divin , et lui plongea l'acier homicide dans le corps. Le saint tomba sans proférer une parole , son sang inonda l'autel sur lequel il venait d'offrir le saint sacrifice pour son bourreau. Enhardis par l'exemple de leur roi, les soldats se jetèrent sur le corps de l'évêque, le coupèrent en morceaux qu'ils répandirent çà et là pour les faire dévorer par les bêtes.

Le peuple, d'abord stupéfait à l'aspect de cette atrocité, resta paisible spectateur de ce crime, mais lorsque le roi sortit de la chapelle, quelques-uns des premiers habitans le suivirent et lui adressèrent des reproches. Bientôt la foule grossit sur son passage, des reproches on passa aux menaces, aux cris de fureur et de vengeance. Ce fut l'affaire de quelques minutes, et toute la ville sut que le tyran venait d'assassiner le prélat, l'ami du peuple, le défenseur de la justice, le protecteur de la veuve et de l'orphelin. Des milliers de bras s'arment. Toute la ville se précipite vers le palais, les portes sont forcées, et ce peuple si cruellement blessé dans son évêque, demande le roi pour l'immoler à son tour à sa trop juste vengeance.

Voyant l'orage fondre sur lui, Boleslas se sauva dans les caves du palais, suivi de deux gros chiens. Il ouvrit la porte d'une galerie souterraine dont il connaissait l'issue, et qu'il eut soin de fermer après sa sortie. Il attendit que la nuit fut survenue pour se diriger vers un bois et gagner les frontières de Hongrie.

IX

LA SURPRISE.

Hermann avait, depuis le jour où Lomjra lui annonça qu'il était libre, songé au moyen de faire connaître à son ordre qu'il était encore en vie, et qu'il avait préparé les voies à l'établissement de la religion dans cette contrée. Il envoya en secret un jeune homme, qu'il avait converti au christianisme, avec des lettres pour les remettre à ses frères d'armes qui habitaient la Silésie, les priant de faire partir sur le champ quelques prêtres pour le château d'Honéda, leur enjoignant d'user de

11..

toutes les précautions, pour ne pas effaroucher les esprits.

Cette nouvelle causa la plus grande joie en Silésie où l'on croyait Hermann mort depuis long-temps. Les autres chevaliers s'offrirent tous à accompagner les quatre prêtres désignés par l'évêque du pays, mais leur offre ne fut pas acceptée, Hermann ayant absolument défendu toute démonstration qui pourrait ressembler à un prétexte de guerre; quelques-uns purent seulement se joindre à eux.

Le jeune homme qui avait porté la lettre, servit de guide à ces ministres de l'Evangile qui allaient être les messagers de la vérité dans ces contrées. Cependant ce dernier ne poussa pas les choses bien loin, voulant attendre le retour d'Horismond et d'Yulinka surtout; car il comptait beaucoup sur le secours de cette jeune princesse. Déjà il commençait à former une petite chrétienté, déjà tout promettait un prompt succès à l'évangile, lorsque le bruit se répandit tout-à-coup qu'une armée de samlandais avait franchi les frontières des états d'Horismond, et venait assiéger Honéda.

Hermann et Yrgard se mirent en mesure pour repousser cette agression, et réunirent tous les hommes en état de porter les armes; mais cette crainte d'être attaqués se dissipa bientôt, lorsqu'on reconnut que cette armée si redoutable n'était autre que'Horismond, Culmanow et les gens de leur suite. La joie succéda alors à l'appréhension qu'avait provoquée cette apparition des guerriers étrangers. Dobry, Yrgard et Cunnawil furent les premiers qui allèrent au-devant d'eux pour les saluer.

Lorsque Lomjra apprit le retour de son époux, elle commença à trembler de tous ses membres. Elle prévit le sort qui l'attendait, et ne voulant point s'exposer aux reproches qu'Horismond était en droit de lui faire sur sa conduite, elle prit une résolution désespérée. Elle se para à la hâte de ses plus beaux habits, monta sur les créneaux des remparts, et attendit que son époux et sa suite se fussent approchés du château; puis faisant un salut au cortége qui s'avançait, elle se précipita dans l'abîme et alla se briser contre les rochers qui bordaient le donjon de ce côté là.

A la vue de cette femme se donnant la mort, un sentiment d'horreur s'empara de tous les cœurs. A peine un seul de tous les assistans connut-il Lomjra, et ce fut Horismond. Il la vit saluant les guerriers, et crut que ce signe exprimait la joie qu'elle éprouvait de le revoir, mais il fut cruellement trompé lorsqu'il l'aperçut sans vie au fond de l'abîme. Il l'aimait encore malgré ses égaremens, et était prêt à lui pardonner si elle avait témoigné le moindre repentir de ses fautes. Il couvrit sa figure pour cacher ses larmes à l'aspect de ce cadavre mutilé.

Yulinka avait aussi vu tomber la femme, mais sans reconnaître Lomjra; les larmes et l'anxiété de son père lui découvrirent la vérité...

— Dieu! s'écria-t-elle, ayez pitié de son âme, et ne la jugez pas d'après ses péchés!

Cunnawil, si heureuse de revoir après une si longue absence celle qu'elle chérissait comme une fille, alla se jeter dans les bras d'Yulinka et la conduisit dans ses appartemens.

A la porte du château se trouvait Hermann qui reçut Horismond en lui présentant son épée qu'il avait employée à la défense du donjon. Le prince lui tendit la main en signe de reconnaissance, et l'appela son ami. Le chevalier répondit par un profond salut, et cette première entrevue se passa sans autre explication de la part de ces deux hommes. Tous les cœurs s'ouvrirent à la joie; Honéda prit un autre aspect par la présence de tous ces guerriers. Pendant que les soldats formaient leurs rangs au milieu de la cour, Yulinka et Cunnawil étaient rentrées dans leurs appartemens. Mais ici quelle heureuse surprise! La fidèle domestique avait eu soin d'élever dans une des chambres d'Yulinka, un petit autel sur lequel brillait une croix ornée d'une guirlande de lierre.

— Ciel ! s'écria la jeune vierge, quelle belle idée d'avoir fait un petit temple de cette chambre ! C'est ici que je viendrai passer tous mes momens de loisir. Elle alla aussitôt s'agenouiller devant l'autel, pour remercier le Seigneur de l'avoir ramenée saine et sauve dans sa patrie. Mais sa joie fut au comble, lorsqu'elle apprit que, pendant son absence, Hermann était parvenu à former une petite chrétienté à Honéda. Elle avoua ensuite à Cunnawil, qu'elle aussi avait usé de tous les moyens de persuasion pour désabuser plusieurs guerriers samlandais et les ramener de leurs erreurs. Elle espérait que Hermann et Yrgard parviendraient facilement à détromper Horismond lui-même, et que le christianisme compterait sous peu de nombreux disciples dans le pays.

Pendant que Yulinka et Cunnawil s'entretenaient ensemble, elles virent Horismond passant en revue sa petite armée. Il remercia tous ces guerriers du service qu'ils lui avaient rendu en le ramenant dans ses états, il leur promit des récompenses proportionnées à ce bienfait, puis tirant son sabre, il en frappa l'air en tout sens, jurant par tous ses dieux, qu'ainsi il exterminerait tous ses ennemis, et qu'il rétablirait le culte de Perkunas

outragé. Hermann, Dobry et Yrgard essayèrent
de le calmer, mais Horismond avait été trop vivement blessé autrefois dans ses affections pour
pouvoir oublier et pardonner facilement ces injures. Hermann surtout qui avait droit à une plus
grande bienveillance, ne reçut de ce prince qu'une
réponse assez sèche, quoique, quelques momens
auparavant, il eût été appelé l'ami d'Horismond.
Il supporta cette petite mortification avec une
humilité qui frappa tous les assistans, et qui fit
rougir celui qui l'avait faite.

Cependant les guerriers qui, pour la plupart
étaient encore païens, reçurent des vivres par ordre d'Horismond. La liqueur chérie circula bientôt dans leurs rangs, et ces gens devinrent insolens au point que Yrgard fut obligé d'intervenir
pour les empêcher de se livrer à tous les excès de
l'intempérance. Comme il n'y avait plus de discipline parmi eux, ils se croyaient tout permis.

Le lendemain Horismond leur assigna à tous
des quartiers, en logea quelques-uns au château
même, d'autres dans les environs en attendant
qu'il pût les employer à la guerre qu'il prémédi-
tait, mais la main de Dieu l'empêcha de réaliser
ces projets. Les fatigues du voyage, les chagrins
qu'il avait essuyés, la mort tragique de Lomjra
minèrent insensiblement sa santé, et le jetèrent sur

son lit de douleurs. Quelques-unes de ses anciennes blessures se rouvrirent, et tout annonça que le terme de sa carrière n'était plus éloigné.

Yulinka ne quitta plus le chevet du lit du malade, et lui prodigua les soins les plus tendres, épiant toutes les occasions pour lui parler de la religion catholique. Le prince montra d'abord un certain éloignement pour cette foi auguste, mais voici un événement qui va changer la face des choses.

Quelques jours après on vit arriver une petite troupe qu'on reconnut être composée de chrétiens. Hermann, qui fut instruit de leur arrivée, se dirigea vers la porte pour les recevoir. Ils étaient au nombre d'environ trente commandés par Adalbert de Horren ; parmi eux se trouvaient quatre prêtres. Yrgard et Culmanow furent heureux de voir des ministres de la religion chrétienne, l'un pour se faire instruire dans la doctrine de cette foi, l'autre pour se réconcilier avec l'église qu'il avait été forcé d'abandonner. Yulinka surtout fit éclater sa joie à la vue de ces vénérables prêtres. Hermann leur donna les plus beaux appartemens du château, et leur fit rendre tous les honneurs dus à leur caractère. Un autel fut dressé dans une des salles les plus vastes, et décoré sinon avec luxe, du moins avec cette élégante simplicité

qui convient si bien à la majesté du culte catholique. Lorsque la victime sainte fut pour la première
fois immolée sur cet autel, la petite communauté
chrétienne préparée par Hermann et la jeune
Yulinka, fit éclater les plus vifs transports d'al-
légresse. Mais ce ne fut là que le prélude de fêtes
autrement pompeuses qui allaient être célébrées.

Hermann, qui était l'âme de tout le bien qui se
faisait, fut, du consentement unanime de tout le
monde, élu chef de cette colonie ; Horismond, qui
se mourait, reconnut lui-même la supériorité de
cet homme, et engagea son peuple à se soumettre
à sa domination. Le paganisme s'approcha aussi
lentement de la tombe avec Horismond, qui con-
sentit cependant, quelques jours avant sa mort, à
recevoir le baptême.

Dès que la cérémonie des funérailles d'Horismond fut terminée, Hermann fit abattre les idoles ainsi que les insignes de l'idolâtrie dans son
état naissant. Il appela encore une vingtaine de
prêtres auxquels il donna des revenus suffisans
pour les mettre à même de vivre dans une entière
dépendance, et d'entreprendre avec plus de succès l'œuvre de la conversion de son peuple. Il fit
construire une belle église au pied du château de
Honéda, fit jeter un pont sur la Vistule, donna le
plan d'une ville que ses chevaliers se mirent en

devoir de bâtir. Des forêts entières furent défri-
chées, des routes établies, des villages isolés réunis pour faire des communes régulières, une police
sage prit la place des anciennes habitudes barbares
qui avaient acquis force de lois, et, en moins de
deux ans, ce pays, naguère plongé dans les plus
profondes ténèbres de la superstition, de l'ignorance, de la grossièreté des mœurs, prit comme
par enchantement une nouvelle face sous l'influence du christianisme.

Mais les bienfaits de cette religion s'étendirent
aussi sur les états voisins. Le prince Culmanow
ayant solennellement embrassé la foi de Jésus-
Christ, épousa la jeune Yulinka, et, profitant de
la division qui continuait à déchirer le Samland,
il y rentra sous la protection des Chevaliers Teutoniques, et reconquit facilement un trône d'où
l'aveugle fanatisme de ses prêtres l'avait précipité.
Il usa d'abord des plus grands ménagemens pour
ne point effaroucher les esprits, mais mina insensiblement le paganisme, et parvint ainsi à planter
la religion chrétienne sur les débris de l'idolâtrie.

Stribor, que nous avons perdu de vue depuis
long-temps, apprit enfin tout ce qui s'était passé
à Honéda, et ne jugea plus à propos de regagner
ce pays; il alla trouver quelques peuplades idolâtres, et les engagea à faire la guerre aux nou-

veaux convertis, mais les chevaliers de l'Ordre Teutonique étaient là, et défendirent leur œuvre. Le pape nomma même évêque d'une partie de la Prusse, Christien, qui avait été religieux de l'ordre de Cîteaux, et qui travailla avec zèle à la conversion des païens. Stribor et ses adhérens se jetèrent alors sur la Mazovie où commandait le duc Conrad ; et comme ce prince ne s'opposa d'abord pas à leurs violences, ils pénétrèrent plus avant dans le pays, et firent même des ravages en Pologne. Ils brûlèrent les maisons, tuèrent les hommes, emmenèrent en esclavage les femmes et les enfans. Ils détruisirent par le feu plus de deux cents villages, outre les chapelles et les monastères, tant d'hommes que de femmes, massacrèrent les prêtres et les clercs jusqu'aux pieds des autels, foulèrent aux pieds ou employèrent à des usages profanes les vases sacrés.

Le duc Conrad ayant en vain essayé d'apaiser ces barbares par des présens, institua par le conseil de l'évêque Christien, un ordre militaire à l'exemple des chevaliers du Christ de Livonie, portant un manteau blanc chargé d'une épée et d'une étoile. L'évêque revêtit de cet habit un homme de mérite nommé Brunon, et treize autres, et le duc leur bâtit le château de Dobrin dont ils prirent le nom. Le duc était convenu de partager avec ces chevaliers toutes les conquêtes qu'ils feraient sur les infidèles ; mais ceux-ci l'ayant appris, allèrent aussitôt attaquer le donjon de Dobrin qu'ils serrèrent de si près, qu'aucun des nouveaux chevaliers n'en pût sortir.

Conrad, voyant qu'il lui serait impossible de résister à tant d'ennemis, appela à son secours les chevaliers Teutoniques. Hermann lui envoya Conrad de Landsberg avec une troupe choisie de ses plus braves guerriers. Pour seconder les opérations des chrétiens, le pape écrivit des lettres adressées à tous les fidèles des provinces de Magdebourg, de Brême, à ceux de la Pologne, de la Poméranie, de la Moravie, de Holsace et de la Gothie, les exhortant à prendre les armes contre les païens de la Prusse et à agir contre eux, suivant les conseils des chevaliers Teutoniques. Il donna en même temps ordre aux religieux de l'ordre de saint Dominique d'y aller pour hâter la conversion de ces peuples.

Une des personnes qui s'intéressaient le plus vivement au succès de la propagation de la foi catholique dans le nord, ce fut Elisabeth, fille d'André II, roi de Hongrie, princesse qui donna dès son enfance l'exemple de ces hautes vertus qui en firent plus tard une grande sainte.

Une autre femme, non moins célèbre dans les

annales de l'église, remplissait aussi, à cette époque, le nord de l'Allemagne du bruit de sa sainteté, ce fut Hedwige ou Havoie, duchesse de Pologne, et tante d'Elisabeth. Ce fut encore là un de ces caractères grandioses, une de ces âmes d'élite, telles que le treizième siècle en a produit un grand nombre, et dont les vertus se reflètent sur les âges postérieurs. Elle aussi prit une part active au mouvement religieux qui s'opérait en Prusse, le seconda de tout son pouvoir, en même temps que ses exemples apprirent aux païens à respecter une foi que dans leur aveugle fureur ils repoussaient avec tant d'acharnement.

II

PROGRÈS DU CHRISTIANISME.

Par suite des conquêtes que faisaient sans cesse les chevaliers de l'Ordre Teutonique, la religion chrétienne s'établit insensiblement le long des côtes de la mer Baltique, mais des difficultés sans cesse renaissantes l'empêchèrent de prendre de profondes racines dans l'esprit des peuples. On leur céda la jouissance du pays de Culm et de toutes les terres situées entre la Vistule, la Mokra et la Drwionca, à la charge de combattre de toutes leurs forces contre les païens de la Prusse et de la

Lithuanie; mais dans le cas où se soumettraient ces peuples, ils devaient rendre le pays de Culm et partager également, avec le duc de Mazovie ou avec ses successeurs, toutes les contrées soumises. L'Ordre s'engagea, en outre, à ne faire jamais aucun tort aux Polonais, à ne prêter le secours de ses armes ou de ses conseils à aucun de leurs ennemis, et à les secourir, au contraire, contre les païens quand ils en auraient besoin. L'infraction de ces conditions devaient entraîner la révocation de cette cession.

Les Polonais étaient déjà à cette époque un peuple célèbre, comme dit leur histoire :

« Dans le nord de l'Europe, au milieu de ces hordes barbares dont les flots vinrent engloutir le vieux monde romain, un peuple s'est rencontré, immobile au sein de la tempête, comme une île dans l'Océan ; peuple nomade, et qui, cependant, n'aima, ne connut jamais qu'une seule patrie ; peuple brave et guerrier, à peine ses différentes tribus eurent-elles reconnu le chef qui vint leur apprendre à échanger, contre des cabanes, leurs tentes et leurs chariots, que les limites de son vaste territoire disparurent bientôt devant l'éclat de sa gloire. Géant au berceau, il tint sous ses lois ou fit trembler souvent ceux qui devaient un jour se partager ses dépouilles. Parvenu

rapidement à toute sa force, sa destinée singu-
lière fut de faire toujours la guerre avec succès
sans faire jamais de conquêtes, de croître en puissance, à mesure qu'il croissait en gloire et en liberté : plusieurs fois il sauva l'Europe qui l'en-
chaîne aujourd'hui, et ne peut se sauver lui-même
des principes de destruction qui le minaient.
Triste exemple des excès de la liberté, il ne lui
reste aujourd'hui que de la gloire et des fers! » (1).

La Pologne était alors gouvernée par Boleslas,
fils de Lesko dit le Blanc, qui avait épousé Cuné-
gonde, fille de Béla IV, roi de Hongrie. La paix
dont jouissait ce royaume porta des fruits pré-
cieux. De toutes parts s'ouvrirent des écoles dont
sortirent les premiers historiens de la nation, Kad-
lubeck et Boguphal. Les religieux de l'ordre de
Citeaux et les Bénédictins, se livrèrent avec zèle
à l'éducation de la jeunesse. On perça plusieurs
nouvelles mines qui furent exploitées avec avantage et devinrent une source de prospérité pour
le pays. Une foule de monumens s'élevèrent et
donnèrent aux arts un élan encore inconnu dans

_____

(1) Histoire de la Pologne, Paris 1838, Introduction.

ces contrées , de belles églises surgirent dans plusieurs villes, les cités s'enrichirent, reculèrent
leurs limites , le commerce s'étendit de tout côté.
Les grandes entreprises firent naître les sociétés
dont sortit bientôt le corps de la bourgeoisie inconnu jusqu'alors; et ainsi la Pologne, quoique
affaiblie au-dehors par son partage entre une foule
de petits princes , acquérait au-dedans une puissance et une force vitale qui la mit en état de triompher des principes de dissolution qui semblaient
la travailler.

Le mouvement intellectuel qui s'opérait rejail-
lit aussi sur les états voisins. La Prusse, qui aban-
donnait ses dieux de bois et de pierre pour reconnaître la vraie foi, fut une des premières à en profiter , et sous la haute et puissante influence des
vaillans chevaliers Teutoniques, les derniers remparts de la barbarie s'écroulaient pour faire place
à la civilisation.

Tout reprit un nouvel aspect dans les provinces
du nord sous le souffle vivifiant du christianisme.
Le cardinal Otton , légat du saint-siége, en Allemagne , envoya , en Livonie, Baudouin de l'Aune,
qui convertit à la foi chrétienne de nombreuses
peuplades d'infidèles. Baudouin se rendit ensuite
à Rome pour rendre compte au pape des succès de
ses travaux apostoliques. Il trouva , dans cette

ville, des adversaires qui se nommaient chevaliers de Dieu. Ils prétendaient suivre la règle des Templiers et toute fois ne leur étaient point soumis ; mais ils étaient de riches marchands qui, ayant été bannis autre fois de la Saxe pour leurs crimes, s'étaient tellement fortifiés dans leur parti, qu'ils croyaient pouvoir vivre sans foi et sans loi.

Baudouin, ayant fait connaître au pape ce qui en était, et l'ayant instruit de ses entreprises, fut sacré par le souverain pontife lui-même, évêque de Semgalle petite province dont Mittau est la capitale et qui fait parti de la Livonie. La bulle du pape, en faveur de ce prélat, dit : « Votre zèle pour le salut des âmes vous a fait renoncer aux désirs du siècle, et vous exposer à beaucoup de périls pour travailler à la conversion des infidèles sous les ordres du cardinal Otton. C'est pourquoi nous vous avons ordonné évêque de Semgalle, espérant de plus grands fruits de votre ferveur, et vous avons accordé le pouvoir de légat en Livonie, Gothlande, Finlande, Estonie, Semgalle, Courlande, les autres provinces de néophites et de païens et îles voisines, pour y prêcher librement la foi, corriger les personnes ecclésiastiques et réformer les églises. Vous y instituerez et destituerez, lorsque cela sera né-

cessaire, des abbés, des prieurs, et d'autres supérieurs ; vous ordonnerez des prêtres, confir-
merez les élections des évêques, les sacrerez et
bénirez les abbés. Nous vous donnons aussi le
pouvoir de réprimer les rebelles par les censures
ecclésiastiques, promettant de ratifier et de faire
exécuter nos sentences. »

Entre les peuples qui se convertirent alors aussi
au christianisme, furent les Courons ou Courlan-
dais, avec leur roi Lammechin. Ils firent un traité avec le pénitencier du légat Otton, dans lequel
il est dit :

« Les païens se sont offerts à recevoir la foi
chrétienne, nous ont donné des otages et ont promis d'obéir en tout aux ordres du pape : nous
agissons de sa part par le conseil commun de
l'église de Riga, de l'abbé de Dunemonde, des
marchands, des chevaliers du Christ, des pélerins
et des bourgeois de Riga, nous sommes convenus
des conditions suivantes.

» Ils recevront incessamment des prêtres que
nous leur enverrons ; ils leur donneront honnê-
tement les choses nécessaires, écouteront leurs
instructions avec soumission, et les défendront
contre les ennemis comme leurs propres personnes. Tous hommes, femmes et enfans recevront

incessamment le baptême , et observeront les autres cérémonies des chrétiens. »

Cette clause , sans doute nécessitée par quelque
circonstance particulière, est éloignée de l'ancienne discipline de l'église qui ne permettait de baptiser les catéchumènes de la même nation et des
mêmes mœurs qu'après de longues épreuves, à
plus forte raison des étrangers et des barbares.
Le traité continue.

« Ils recevront l'évêque qui leur sera donné par
le pape avec respect et dévotion, comme leur père
et leur seigneur, et lui obéiront en tout comme
les autres chrétiens. Ils lui payeront tous les ans
les droits dont sont tenus les peuples de la Gothlande. Mais ils ne seront soumis ni au Danemark,
ni à la Suède ; car nous leur avons accordé une
liberté perpétuelle, tant qu'ils n'apostasieront
point. Ils marcheront aux entreprises qui se feront contre les païens , tant pour la défense de la
chrétienté que pour la propagation de la foi. »

Malgré ces sages mesures , malgré le zèle des
chrétiens à établir le royaume de Jésus-Christ ,
les Prussiens tant anciens que ceux qui aposta-
sièrent après leur conversion, se soulevèrent dans
plusieurs contrées contre la foi catholique , brûlèrent et saccagèrent près de dix mille villages ou
hameaux, ou maisons isolées avec quantité de

cloîtres et d'églises, de sorte que les fidèles n'avaient plus d'autres lieux pour célébrer les saints mystères que les bois où ils s'étaient retirés. L'histoire a conservé plusieurs lettres adressées au pape où il est dit :

« Les Prussiens ont tué plus de vingt mille chrétiens et en tiennent encore plus de cinq mille en esclavage. Ils font périr, par des travaux continuels et excessifs, les jeunes gens qu'ils prennent, sacrifient les filles au démon en les brûlant après les avoir couronnées de fleurs par dérision. Ils font mourir les vieillards et tuent même les enfans en mettant les uns en broche, en écrasant les autres contre des arbres. Or, quoique les chevaliers Teutoniques aient entrepris et poursuivent avec un zèle louable l'affaire de la foi en Prusse, ils ne peuvent suffire seuls à cette grande et difficile entreprise. »

Le pape écrivit en conséquence à quelques évêques du voisinage :

« Nous vous prions et vous enjoignons de commuer les vœux des croisés du royaume de Bohème que nous avons dispensés d'aller outremer pour pauvreté ou infirmité, et de les envoyer contre ces infidèles, afin qu'ils ne puissent pas se venter d'avoir impunément attaqué le nom de Jésus-Christ. »

A ces ennemis s'en joignit encore un autre, celui de l'hérésie qui essaya de miner l'édifice naissant de la foi. Conrad de Marpurg, confesseur
de sainte Elisabeth, découvrit une secte d'hérétiques nommés Stadings, du nom d'un petit peuple, habitant un canton aux confins de la Saxe
et de la Frise dans des lieux environnés de riviè-
res et de marais impraticables, d'où ils se répan-
daient dans les pays voisins pour pervertir surtout les nouveaux chrétiens. Ces gens avaient été
excommuniés plusieurs années auparavant pour
leurs crimes, entre autres, parce qu'ils refusaient
de payer les dîmes et qu'ils se révoltaient contre
l'église en témoignant ouvertement un grand mépris pour son autorité.

Ces hérétiques étaient accusés de renouveler
plusieurs abominations des Manichéens dans leurs
assemblées nocturnes, de consulter le démon ainsi
que des magiciennes, de faire des figures en cire
et de leur attribuer une certaine vertu, de se livrer à toute sortes d'impuretés à la suite d'un fes-
tin où figurent un crapaud, un chat et d'autres
animaux pour lesquels ils professent une profonde
vénération. On leur reprochait aussi de recevoir,
tous les ans à Pàques, le corps de notre Seigneur
Jésus-Christ, de le porter dans leur bouche à la
maison et de le jeter ensuite dans un lieu im-

12.

monde, d'enseigner que Dieu avait injustement précipité Lucifer en enfer, et que ce dernier rentrerait un jour dans sa gloire et se vengerait de son persécuteur. Par suite de ces principes, ils maltraitaient les prêtres et les clercs, les faisaient mourir dans les tourmens, n'épargnant ensuite ni âge ni sexe.

L'empereur Henri, Conrad, archevêque de Mayence et Conrad de Marpurg, assemblèrent un concile dans la première de ces villes pour examiner les griefs reprochés à ces hérétiques. On donna la croix à ceux qui voulurent s'armer contre eux, ce qui irrita tellement ces gens qu'ils dressèrent une embuscade à Conrad de Marpurg à son retour de Mayence, et qu'ils le tuèrent avec Gérard, religieux de l'ordre de Saint-François.

Un autre ennemi vint encore traverser l'œuvre du Seigneur dans ces contrées. Des chrétiens, vexés par leurs seigneurs, et voyant les Sarrasins des pays voisins jouir d'une plus grande liberté qu'eux, embrassèrent la secte de Mahomet et s'allièrent avec les infidèles par des mariages. Les Sarrasins, de leur côté, favorisèrent ces dispositions en achetant des esclaves chrétiens qu'ils firent apostasier; car la pauvreté obligea plus d'une fois les fidèles à vendre leurs enfans à ces ennemis de leur foi pour payer leurs redevance à des maîtres durs et impitoyables

Le pape adressa une lettre fort touchante à l'archevêque de Strigonie en Hongrie, pour lui enjoindre de faire cesser ce scandale. Ce prélat, en exécution de cet ordre, engagea le roi de Hongrie à prendre les mesures propres à assurer aux chrétiens l'exercice de leur religion, tant dans ses états que dans les pays circonvoisins; mais le monarque, gagné par les grands, n'obtempéra point à ces désirs; alors l'archevêque, emporté par son zèle, jeta l'interdit sur tout le royaume, défendant d'y célébrer les saints mystères, ni d'y administrer les sacremens, excepté le baptême aux enfans, le viatique, la pénitence et l'extrême-onction aux mourans. Il permit cependant aussi la célébration d'une messe-basse par mois dans chaque paroisse, afin d'avoir de quoi communier les malades. La même sentence portait excommunication contre ceux qui par leurs mauvais conseils avaient porté le roi à introduire ou à tolérer les abus dont on se plaignait.

Pour faire lever cet interdit, le roi de Hongrie s'adressa au pape, et lui envoya Jacques, évêque élu de Palestine, en qualité de légat : le roi, sur les exhortations de ce prélat, fit une charte par laquelle il promit avec serment les articles suivans qui furent plus tard adoptés dans les autres pays.

— Nous ne donnerons plus à des Juifs ou à des Sarrasins l'intendance de notre chambre, de la monnaie, du sel, des collectes. Nous ne les associerons point aux intendans, et ne ferons rien en fraude qui leur donne lieu d'opprimer les chrétiens. Nous ne permettrons point que dans tout notre royaume, les Juifs ou les Sarrasins aient aucune charge publique; et nous aurons soin qu'à l'avenir ils soient distingués des chrétiens par certaines marques. Nous ne permettrons point qu'ils aient des esclaves chrétiens, et nous députerons tous les ans un palatin ou un autre de nos officiers pour exécuter ce que dessus, à la requête de l'évêque dans le diocèse duquel seront les Juifs, les païens ou les mahométans. Nous ne permettrons point que les causes concernant les mariages ou les dots, soient portées devant les juges séculiers. Nous voulons aussi que les ecclésiastiques ne soient poursuivis que devant des juges ecclésiastiques en toutes matières, excepté les causes des terres sur lesquelles le pape sera consulté, et on lui fera entendre que si on nous ôtait la connaissance de ces causes, l'église en souffrirait un grand préjudice. Nous ne lèverons aucune collecte sur les ecclésiastiques, et ne contreviendrons en rien à leurs priviléges, et nous consulterons le pape touchant les impôts sur nos autres sujets.

Cette charte fut jurée par le roi, par son fils aîné et héritier présomptif, par Coloman roi et duc d'Esclavonie, et par tous les grands seigneurs et grands officiers hongrois; mais elle fut mal exécutée comme on le voit par les plaintes que le pape fut obligé de faire plus tard à ce sujet.

La croisade prêchée contre les hérétiques stadings eut de grands résultats. Ces fanatiques furent défaits par les catholiques qui avaient à leur tête Gérard II, archevêque de Brême; Henri, duc de Brabant, et Florent, comte de Hollande. Ils marchèrent contre eux le samedi 24 juin, résolus de périr ou de détruire les ennemis de l'église; les Stadings, au contraire, sans craindre la multitude des croisés, n'en étaient que plus furieux, et ne cessaient de proférer des blasphèmes contre la religion et la puissance ecclésiastique.

Le comte de Hollande les attaqua vigoureusement pendant que le clergé se tenait à l'écart, chantant des cantiques, et récitant des prières pour implorer la miséricorde de Dieu et demander la victoire. Les hérétiques accablés par la multitude, furent battus et foulés aux pieds des chevaux, on en compta jusqu'à six mille qui restèrent sur le champ de bataille, d'autres prirent la fuite et se noyèrent dans le Wéser; le reste de leur troupe fut dissipé.

Alors, pour confirmer dans la foi les nouvelles églises du Nord, le pape en donna la légation à Guillaume, évêque de Modène, et publia une bulle qui porte en substance. ›

— A tous les fidèles de Livonie, Prusse, Gothie, Finlande, Estonie, Sémgalle, Courlande et autres provinces voisines, salut :

— Notre vénérable frère Guillaume, évêque de Modène, ayant depuis long-temps reçu la mission du saint-siége de prêcher la foi aux païens de vos contrées, en a converti un grand nombre; mais voyant encore une ample moisson, et désirant ardemment de faire une récolte plus abondante, il nous a prié instamment de le décharger de l'évêché de Modène, afin de se donner entièrement à vous, et répandre, s'il est besoin, son sang pour votre salut. C'est pourquoi nous révoquons la légation que nous avions donnée à l'évêque de Semgalle, et la donnons à celui de Modène; en sorte qu'il ait tout pouvoir dans vos provinces pour établir et sacrer des évêques, ou les transférer à d'autres siéges, unir ou diviser les évêchés et faire tout ce que Dieu lui inspirera.

Pendant que Hermann de Salza continuait à faire prospérer les affaires de l'église catholique

dans le nord de l'Allemagne, *le pape eut de nou-*
veau recours à ses lumières pour terminer un dif-
férend qui s'était élevé entre l'église de Rome et
l'empereur Frédéric. Le pape ménageait ce prince
autant dans l'intérêt de la croisade qu'il méditait,
que pour le détourner de porter la guerre en
Lombardie. Il lui adressa un bref dans lequel il
est dit :

— Nous prions votre excellence de considérer
que nous avons entrepris l'affaire de la terre-sainte
à votre poursuite et par le conseil de trois patriar-
ches, et de tous les prélats qui étaient auprès de
nous ; que cette affaire vous regarde particulièrement après le saint-siége ; et que nous avons
réglé que partout on obligerait ceux qui ont des
différends ensemble à s'accorder, ou du moins à
faire des trèves. Quelques princes y ont déjà été
contrains, et quelques monarques et grands ont
déjà pris la croix. C'est pourquoi nous vous prions
enstamment d'envoyer sur-le-champ Hermann,
grand-maître de l'Ordre Teutonique, avec les
pleins pouvoirs de traiter purement et simplement
vos différends avec les Lombards, qui, de leur
côté, s'en sont remis à nous. Car vous devez savoir, que si vous entrepreniez de marcher contre
eux, particulièrement en ce temps-ci, vous cau-
seriez un grand scandale, et vous donneriez à

plusieurs occasion de croire que l'église les aurait trompés, ce qu'elle ne devrait pas souffrir.

Mais l'empereur n'obtempéra point aux vues du pape, et déclara qu'il ne pouvait supporter plus long-temps l'insolence des Lombards, priant le pontife de lui procurer une paix honorable avec eux, ou de lui prêter la main pour les soumettre.

Hermann resta en Prusse où sa présence devint plus nécessaire que jamais; car, en Livonie, les chevaliers du Christ et les croisés furent défaits par les infidèles qui en firent un grand carnage. Volquin, second maître de l'ordre, y fut tué avec les plus braves de ses chevaliers. Déjà, plusieurs années auparavant, il avait envoyé une députation solennelle à Hermann, pour procurer l'union de son ordre avec celui des chevaliers Teutoniques. Hermann avait, conjointement avec frère Jean de Magdebourg, député de Volquin, sollicité le pape de prononcer cette union.

Lorsque frère Gerlac le Roux vint donc de Livonie, apportant la nouvelle de la défaite des chrétiens et de la mort de Volquin, le pape se décida à acquiescer à cette demande. Il revêtit frère Jean et frère Gerlac de l'habit des chevaliers Teutoniques, leur donnant le manteau blanc avec la croix noire, et enjoignit d'en faire de même à tous les autres chevaliers de l'ordre du Christ en Livonie.

En autorisant cette union, le pape dit dans une bulle adressée aux évêques de Riga, de Derpt et d'Osidie, que les frères de l'ordre du Christ ont plusieurs fois demandé d'être incorporés à celui des frères Teutoniques de Sainte-Marie, qu'il espérait par cette union soumettre plus facilement les infidèles; c'est pourquoi, ajouta-t-il, nous avons jugé à propos de les unir avec tous leurs biens, afin qu'ils demeurent sous la juridiction des évêques diocésains et de leurs supérieurs.

Le souverain pontife écrivit à Guillaume, son légat en Livonie, l'engageant à faire des efforts pour gagner aux chevaliers l'amitié du roi de Danemark, lorsqu'ils iraient s'établir dans ses états.

Cette fusion n'eut cependant pas tous les résultats qu'on en attendait; car, quelques années après, l'évêque de la Prusse porta des plaintes au pape contre ces chevaliers; ils furent accusés de détourner les païens d'embrasser la foi chrétienne, d'exercer sur eux une dure domination tyrannique, et de traiter quelquefois les nouveaux chrétiens si cruellement que plusieurs d'entre eux étaient retournés à leurs anciennes erreurs.

A cela il ajoutait que, quoique ayant accordé aux chevaliers de grands espaces de terre et d'au-

tres bienfaits, ceux-ci ne laissaient pas de lui
disputer ses droits et d'usurper ses revenus.

Le Pape, dans une lettre adressée à l'évêque
de Minden, ordonna à ces chevaliers de donner
satisfaction à l'évêque plaignant, les menaçant,
sans cela, des censures de l'église.

Cette sévérité du Pape, rendant justice à un
prélat lésé dans ses droits, indisposa contre le
saint-siége quelques jeunes chevaliers qui se rangèrent, quelques années après, du parti de l'empereur Frédéric contre le pontife de Rome ; mais
le chef de l'Eglise les menaça de les priver de leurs
priviléges, s'ils persistaient dans leur rébellion
contre ses ordres.

Les chevaliers eurent bientôt après occasion
d'effacer cette tache. Au mois de juin 1241, l'empereur Frédéric apprit que les Tartares avaient
fait une irruption en Hongrie, battu Béla, roi de
ce pays, et qu'ils s'avançaient à marches focées
vers l'Allemagne. Ce dernier monarque envoya à
l'empereur l'évêque de Vacia, avec des lettres,
il lui offrit de se soumettre, avec son royaume,
s'il voulait le défendre contre les Tartares.

Ces peuples barbares étaient commandés par
Bathou ou Baïdo, petit-fils de Ginguiscan, qui
s'avança vers l'occident et le septentrion, tandis
qu'Ogtaï, son oncle, faisait la guerre en orient,

où il conquit la Chine. Bathou attaqua les Russes
les Bulgares et les Slaves ; il défit Cuthen , roi des
Comains , qui fit demander à Béla une retraite
pour lui et sa famille , promettant de se soumettre à ses lois et d'embrasser la religion chrétienne. Béla reçut avec joie cette proposition , dans
l'espérance de la conversion de tant d'âmes ; mais
ces Comains , encore barbares , et dont les biens
consistaient en bétail , firent de grands maux à la
Hongrie , et rendirent le roi Béla odieux à ses
sujets.

Cependant les Tartares entrèrent en Russie, prirent Kiow , qui était alors la capitale, passé-
rent au fil de l'épée tous les barbares , et la détruisirent. Ils se précipitèrent ensuite sur la Pologne. Le duc Henri , fils de sainte Hedwige ,
dont il a été question plus haut , appela les chevaliers teutoniques , mais ces braves ne purent
lui fournir qu'un faible secours. Les chrétiens firent des prodiges de valeur , sans pouvoir toutefois repousser les barbares. Les chevaliers teutoniques leur tuèrent beaucoup de monde dans plusieurs affaires , mais le duc Henri perdit la vie
dans un combat. Ces barbares se répandirent ensuite sur la Bohême , où leur étoile pâlit, ils y su-
birent une défaite qui les affaiblit, un de leurs
chefs, nommé Péta, resta sur le champ de bataille.

13.

Le duc de Brabant fut instruit de cette irruption par une lettre d'un seigneur saxon. Il envoya cette lettre à l'évêque de Paris. Lorsque la reine Blanche apprit cette invasion des Tartares, elle alla trouver saint Louis, et lui dit : Où êtes-vous, mon fils ? Le roi lui demanda ce dont il s'agissait : Elle poussa un profond soupir, versa des larmes, et lui demanda ce qu'il fallait faire pour repousser ce malheur qui menaçait l'Europe. Louis répondit avec calme : Il faut espérer dans les secours du ciel : si les Tartares viennent, nous les enverrons en enfer, où ils nous enverront en paradis.

Cette parole inspira du courage non-seulement à la noblesse française, mais encore aux peuples voisins.

Les Tartares ravagèrent ensuite la Hongrie, où ils mirent tout à feu et à sang. Ils en voulurent surtout aux églises qu'ils incendièrent après les avoir pillées. Ils gagnèrent sur le roi Béla la bataille d'Agra dans laquelle ce monarque faillit être pris. Plusieurs archevêques et évêques, une multitude de gentilshommes périrent dans la mêlée.

Après cette défaite, la terre demeura jonchée de corps morts auxquels personne ne donna la sépulture, ce qui occasiona dans certaines contrées des maladies qui enlevèrent encore beaucoup de monde. Les ravages des barbares ayant empêché les cultivateurs d'ensemencer la terre , une cruelle famine ajouta encore aux horreurs de la guerre. Cette invasion produisit de grands maux sur lesquels l'Allemagne eut à gémir fort long-temps ; elle paralysa aussi le zèle des pieux missionnaires, occupés à propager le christianisme dans les provinces du nord.

Il paraît qu'à cette époque mourut aussi le digne Hermann , grand-maître de l'ordre Teutonique , ou qu'il se démit de ses fonctions de chef de cette brave milice, qui , sous lui , conquit tant de gloire ; du moins l'histoire ne parle plus de Hermann ; nous trouvons, au contraire, en 1243, un nouveau grand-maître , Gérard, que l'empereur Frédéric envoya au Pape Innocent IV , avec cinq autres députés , pour le féliciter sur son élévation au saint-siège. Depuis ce moment , les grands-prêtres de cet ordre prirent toujours une part active à tous les événemens de l'Allemagne.

Nous allons suivre les développemens de cet ordre, jusqu'au moment où il perdit son ancienne splendeur par les effets de la réformation.

XII

L'ORDRE TEUTONIQUE

JUSQU'A SA RÉDUCTION PAR LA RÉFORMATION.

PENDANT qu'Innocent IV s'occupa des moyens les plus propres à faire refleurir partout la religion, les mœurs et les sciences, il eut la douleur d'apprendre qu'une grande partie des chrétiens de la Prusse venait d'apostasier, séduits par les artifices de Santopoul, duc de Poméranie. Ce prince, étant irrité contre les chevaliers Teutoniques, fit un traité avec les nouveaux convertis de la Prusse, quoiqu'il fût chrétien lui-même, et leur persuada

de chasser du pays ces chevaliers qu'il leur dépeignit comme des oppresseurs, d'en faire de même de tous ceux qui tiendraient au christianisme,
afin de recouvrer leur ancienne liberté. Le grand-
maître, que quelques historiens prennent encore
pour Hermann de Salza, en instruisit le pape qui
renvoya en Prusse son légat Guillaume de Modène,
et pour donner plus de poids à la mission de ce
prélat, Innocent IV écrivit aussi une lettre à
Santopoul dans laquelle il lui reprocha avec force
d'employer ses armes contre les religieux de l'ordre Teutonique, agissant au nom du saint-siége.
« Prenez garde, lui dit-il, d'attirer sur vous la
colère de Dieu ; on dit qu'il y a déjà huit ans que
vous êtes excommunié pour d'horribles impiétés,
sans vous être mis en peine de vous soumettre aux
ordres de l'églises. » Il l'exhorta ensuite à se convertir, et lui déclara qu'il procéderait contre lui
de manière à le faire rentrer en lui-même.

Le pape écrivit en même-temps à l'archevêque
Gnesne et à ses suffragans, les engageant à prendre des mesures pour que cet ennemi de Dieu,
abusant de la dignité du nom chrétien, ne pût
se glorifier d'écraser impunément les fidèles. Nous
vous mandons, leur dit-il, de l'admonester dans
quinze jours après la réception des présentes, et
s'il ne se désiste point de ses violences, de le décla-

rer excommunié lui et ses complices chacun dans vos diocèses, et enfin d'employer le bras séculier contre lui.

Comme Santopoul persista dans sa révolte, le pape écrivit au provincial des Dominicains en Allemagne, et à d'autres supérieurs d'ordres religieux, de choisir dans les provinces de Magdebourg et de Brême, ainsi que dans les diocèses de Ratisbonne, de Halberstadt et de Verden, des prêtres pour exhorter les peuples à se croiser en faveur de la religion, afin d'étendre la gloire de Jésus-Christ, et de réprimer l'insolence des infidèles. Ces religieux prêchèrent dans la croisade contre les païens de la Prusse et des environs, le légat lui-même s'en occupa, ce qui engagea plusieurs gentilshommes d'Allemagne à venir au secours des chevaliers Teutoniques et des chrétiens de la Prusse; de sorte que Santopoul, après plusieurs traités qu'il avait rompus, fut vaincu et réduit à demander la paix qui lui fut accordée par la médiation d'Opizon, abbé de Messène, que le pape avait envoyé dans le nord pour terminer les différends entre l'évêque de Cujavie, les chevaliers Teutoniques, les ducs de Pologne et de Cumain, d'une part; le duc de Poméranie et les nouveaux chrétiens de la Prusse, d'autre part. Cette paix fut conclue en 1246. Santopoul renonça à l'alliance des païens, et fut absous des censures qu'il avait encourues.

L'année suivante, Daniel, duc de Russie, envoya des députés, en Pologne, à Opizon, qui avait alors le titre de légat du pape, pour lui demander le titre de roi, promettant de se soumettre à l'église romaine, et de joindre ses forces à celles des autres princes catholiques pour repousser les Tartares. Les Russes avaient embrassé le christianisme deux cent cinquante ans auparavant, mais ils suivaient le rit grec comme ils le suivent encore, et se trouvaient engagés dans le schisme.

Le légat Opizon voulut profiter de cette occasion pour les ramener à l'unité, et après avoir consulté le grand-maître de l'Ordre Teutonique, et malgré l'opposition des Polonais, il envoya à Daniel les insignes de la royauté, après lui avoir fait prêter serment de reconnaître lui et les siens, l'autorité du saint-siége.

Le pape Innocent IV, ayant été instruit de cela, envoya, en Russie, l'archevêque de Gnesne en qualité de légat, avec plein pouvoir de donner aux Russes des évêques distingués par leur science et leurs vertus. Le légat se fit accompagner par quelques chevaliers Teutoniques et fut très-bien reçu par Daniel. Innocent permit aux prêtres russes de consacrer avec du pain levé et de conserver le reste de leurs rites qui n'avaient rien de contraire à la foi catholique; mais Daniel, ayant obtenu ce qu'il désirait, ne persévéra pas dans les dispositions qu'il avait manifestées d'abord et retourna au schisme, comme on le voit par les reproches que lui fit le pape Alexandre, en 1257. Tels sont les effets des conversions intéressées.

Après le concile de Lyon, le pape envoya, en Pologne, en qualité de légat, Jacques Pantaléon, archidiacre de Liége, et fils d'un pauvre cordonnier de Troyes. A son arrivée en Pologne, il envoya un concile à Breslau, auquel assistèrent l'archevêque de Gnesne avec sept évêques. L'usage régnait en Pologne depuis que le christianisme y avait été introduit, de commencer le carême depuis la septuagésime; mais comme on l'observait mal, il en naissait des discussions entre le clergé et les séculiers : c'était un reste du rite grec que les Polonais avait reçu comme les autres Slaves. Après avoir bien examiné la question, le légat, du consentement du concile, abolit cet usage, et ordonna que le carême ne commencerait que le mercredi des cendres. Le légat passa ensuite en Prusse et dressa un règlement entre les nouveaux chrétiens de ce pays et le grand-maître, et les chevaliers Teutoniques qui voulaient retenir ces derniers dans une espèce de servitude ; ce règlement comprit le temporel et le spirituel ; je vais transcrire ici ce qui regarde seulement la religion.

« Les nouveaux chrétiens et leurs enfans légitimes pourront être prêtres et entrer dans les communautés religieuses. Ils promettent de ne plus brûler les morts et de ne point enterrer avec eux des hommes et des chevaux, des armes, des habits ou des choses précieuses, mais de les inhumer dans les cimetières selon l'usage des chrétiens. Ils n'offriront plus de libations à l'idole selon leur habitude après la récolte des fruits, et promettront de ne plus adorer d'autres faux dieux. Ils n'auront plus de ces imposteurs nommés Talissons ou Ligastons qui font les prêtres païens et qui, dans les funérailles, louent les morts des vols, des brigandages, des impuretés et autres péchés qu'ils ont commis pendant leur vie, et qui regardent au ciel en criant qu'ils voient le défunt volant en l'air à cheval et revêtu d'armes brillantes. — Ils n'auront plus ni deux ni plusieurs femmes, mais une seule qu'ils épouseront en présence de témoins et feront publier leur mariage à l'église. Ils ne vendront plus leurs filles pour les donner en mariage, d'où il arrivait quelquefois que le fils épousait la veuve de son père, comme faisant partie de sa succession. Ils observeront, dans leurs mariages, les degrés de parenté suivant les lois de l'église, et n'auront pour héritiers que leurs enfans légitimes. Aucun d'eux ne fera mourir son fils ou sa fille de quelque manière que ce soit; mais aussitôt qu'un enfant sera né ou dans les huit premiers jours au plus tard, ils le feront porter à l'église et baptiser par le prêtre en le plongeant trois fois dans l'eau. »

On désigna ensuite les lieux où les néophytes devaient bâtir des églises; savoir : treize en Poméranie, six en Warmie, trois en Walanie, le tout pour la Pentecôte prochaine; promettant de les fournir de calices, de livres, d'ornemens et des autres objets nécessaires pour la célébration du culte. A leur défaut, les chevaliers Teutoniques devaient les faire bâtir à leurs dépens.

Les chevaliers promirent aussi de doter ces églises et de fournir à l'entretien des curés en attendant qu'ils pussent recevoir les dîmes.

Ce règlement prouve dans quel état se trouvait encore la foi dans ces pays et avec quelle sage persévérance l'Eglise en agit envers ces nouveaux convertis pour en faire de véritables chrétiens; la religion s'affermit donc de plus en plus sous l'influence éclairée des évêques et des chevaliers Teutoniques.

Le pape Innocent IV avait permis à l'archevêque de Gnesne de fixer sa résidence dans telle autre cathédrale de sa dépendance qu'il choisirait lui-même, et le siége de Riga, étant venu à vaquer, l'archevêque désigna cette ville pour s'y établir. Alexandre IV confirma ce choix par sa bulle du 20 janvier 1255, Riga devint donc, déslors, la métropole de Livonie, d'Estonie et de Prusse, le tout sans préjudice du droit des chevaliers Teutoniques.

Cependant, les Prussiens païens remuaient toujours et entravaient, par toutes sortes de moyens, l'établissement du christianisme dans les contrées où ils dominaient. Quelquefois ils se livraient à des excès révoltants, chassaient les chrétiens qui implorèrent le secours de leurs frères des pays voisins. Ottocar, roi de Bohème, et Otton, marquis de Brandebourg ; le duc d'Autriche ; le marquis de Moravie, ainsi que plusieurs évêques et une multitude de croisés marchèrent contre eux, les défirent et firent un nombre considérable de prisonniers. Ottocar donna la vie à tous ceux qui se firent baptiser ou qui revinrent à l'église après avoir apostasié ; tous les autres furent passés au fil de l'épée. Les deux chefs des infidèles s'étaient enfermés dans une ville où, manquant de vivres, ils ne pouvaient soutenir un siége. Ils demandèrent conseil aux habitans qui leur répondirent ;

« Nous avons déjà résolu d'embrasser la religion
chrétienne plutôt que de périr avec nos enfans et
nos biens. »

— Et nous aussi, dirent les capitaines, nous y
donnons les mains, puisque nous voyons clairement que nous combattons envain contre Dieu.

Ils envoyèrent donc des députés au roi Ottocar,
offrant de se rendre le lendemain à discrétion. Il
les reçut, et dès le lendemain les deux chefs furent baptisés par l'évêque d'Olmütz. Le roi fut
le parrain de l'un, le marquis de Brandebourg de
l'autre. Ottocar les revêtit l'un et l'autre d'une
robe de soie blanche, brochée d'or, et les appela
ses amis. Par suite de cette conversion, une immense multitude de païens qui, jusqu'alors, s'é-
taient montrés rebelles à la voix de l'évangile,
reçurent le baptême ; le monarque bohémien
poussa ses conquêtes jusqu'à la mer, et donna des
ordres nécessaires pour la conversion d'une ville
qui fut nommée Kœnigsberg, et ses ordres furent
exécutés par les chevaliers Teutoniques.

L'évêque d'Olmütz, par la permission du roi,
fonda une ville qu'il nomma Brunsberg, de son
nom Brunon, et dans laquelle, Albert, évêque de
Warmie, fit quelque temps sa résidence ; mais
cette nouvelle ville, ayant été brûlée par les Prus-

siens, ce prélat se retira à Elbing où il mourut dans un âge fort avancé.

Brunon, évêque d'Olmütz, était saxon d'origine et comte de Stumberg. Il employa une grande partie de son patrimoine et de ses revenus à enrichir son église à laquelle il donna plusieurs terres, fit fortifier quelques places pour les mettre à l'abri des insultes des barbares, marcha toujours accompagné d'un grand nombre de chevaliers pour mieux faire respecter son autorité dans un pays encore peu soumis, ce qui lui valut le blâme des uns et les louanges des autres.

La défaite qu'avait subie les Prussiens sous Ottocar, ne termina point la guerre que cette partie de la nation, restée infidèle, continua toujours. Le pape Alexandre IV fit donc prêcher, dans ces provinces, une nouvelle croisade par un religieux franciscain, Barthélemi de Bohème, qu'il recommanda à cet effet aux évêques de Pologne, d'Autriche, de Moravie et de Prusse. Casimir, duc de Lancicie et de Cujavie fut le guerrier le plus distingué de cette entreprise ; mais il représenta au pape, qu'Innocent IV lui avait accordé les terres de certains païens, pourvu qu'ils embrassassent la foi volontairement, nonobstant la concession générale faite par le saint-siége aux chevaliers Teutoniques de toutes les terres qu'ils pourraient conquérir en Prusse. Toutefois, ajouta le duc Casimir, le maître de l'Ordre Teutonique, et quelques-uns de ses chevaliers, voulant rendre inutile la concession que le pape m'a faite, sont entrés à main armée dans les terres de ces païens qui étaient prêts à recevoir le baptême et s'en sont emparés après une grande effusion de sang. L'abbé de Mezzano, votre légat dans ces contrées, les ayant inutilement admonestés, les a excommuniés, et je vous supplie de confirmer cette sentence.

Le Pape la confirma par une bulle, datée du mois de janvier 1257.

Déjà l'année précédente, Boleslas le Chauve, duc de Silésie, avait fait mettre en prison Thomas, évêque de Breslau. Comme ce prélat était allé au monastère de Gorça, dans son diocèse, pour aller faire la dédicace d'une église, Boleslas, accompagné de quelques soldats allemands, entra de nuit dans le monastère, arracha l'évêque de son lit, prit deux ecclésiastiques, et quelques-uns de ses domestiques, emportant ce qu'ils avaient avec eux, et les déposa prisonniers dans un château qui lui appartenait; l'évêque fut même enlevé en chemise, quoiqu'il fît très-froid, et ensuite mis aux fers.

Le chapitre de Breslau en porta ses plaintes au

Pape, qui écrivit à ce sujet à Foulques, archevêque de Gnesne, pour qu'il eût à admonester Boleslas, et l'exhorter à mettre l'évêque et les autres prisonniers en liberté, en leur restituant tout ce qu'il leur avait enlevé, et leur faisant réparation de cette injure ; que si, au contraire, le duc n'obéissait pas, il devait être excommunié, ses états frappés de l'interdit.

L'archevêque avait déjà en partie exécuté l'intention du Pape ; car dès qu'il eut connaisance de cette violence, il assembla ses suffragans, et mit en interdit le diocèse de Breslau.

Comme Boleslas ne relâchait point l'évêque, le Pape adressa des brefs aux archevêques de Gnesne et de Magdebourg, pour les engager à faire prêcher une croisade contre lui. Mais pendant que ces prélats prenaient des dispositions à cet égard, l'évêque de Breslau se racheta moyennant deux mille marcs d'argent. Ses confrères l'en blamèrent, et l'accusèrent de trahir, par faiblesse, la justice de sa cause et les droits de l'église, en donnant un mauvais exemple, qui engagerait les seigneurs à de pareilles violences.

Peu de temps après, Boleslas ayant voulu dépouiller son frère du duché de Glogau, celui-ci le prit, l'enferma, et ne lui rendit la liberté, qu'après lui avoir arraché les deux mille marcs que lui avaient donnés l'évêque de Breslau. Ces violences étaient alors chose fort commune , et tout-à-fait dans l'esprit de ces temps de barbarie.

L'église du Danemark avait à gémir sur ces mêmes maux, comme on peut s'en convaincre par les actes d'un concile, dont les décrets furent confirmés par le Pape Alexandre , l'an 1257. Je lis dans la préface.

« L'Eglise du Danemark est exposée à une persécution si rude de la part des seigneurs , que , quand les évêques veulent prendre sa défense , ceux-ci ne craignent pas de leur faire des menaces insolentes , même en présence du roi , et ces menaces ne sont pas à mépriser , vu que le clergé n'a aucun secours à attendre de la puissance séculière , et l'orgueil des seigneurs n'étant aucunement retenu par la crainte du roi , peut les pousser à faire tout le mal qu'ils veulent. C'est pourquoi le concile a ordonné ce qui suit :

« Si un évêque est pris ou mutilé de quelque membre, ou si on lui fait, en sa personne , quelque autre injure atroce, dans l'étendue du royaume de Danemark , par l'ordre ou le consentement du roi , ou de quelque noble dans le royaume, en sorte qu'il y ait présomption probable , que c'est de la volonté du roi , tout le royaume sera frappé d'interdit. Si la violence est faite à un évêque, par une personne puissante, demeurant hors du royaume, et que l'on conjecture que ce soit par le conseil du roi et des seigneurs de Danemark, le diocèse de l'évêque sera dès-lors ininterdit. Si le roi, étant admonesté, ne rend pas justice dans un mois, le royaume demeurera interdit jusqu'à ce que l'évêque ait satisfaction. Nous défendons à tout prêtre ou chapelain de nobles, de faire l'office pendant l'interdit, sous peine d'excommunication.

On conçoit, d'après cela, que les païens ou les nouveaux chrétiens ne durent pas montrer un grand empressement à embrasser ou à suivre les maximes de la religion chrétienne, quand ils voyaient les seigneurs les plus puissans persécuter les évêques, chargés de la conversion et de l'instruction des peuples.

Le Pape Gregoire X, ayant convoqué un concile général à Lyon, ordonna, par sa bulle, à tous les évêques de lui envoyer des mémoires, concernant les abus qu'ils trouvaient à réformer, chacun dans sa province ecclésiastique.

Alors Brunon de Stumberg, qui, depuis vingt-six ans, gouvernait avec beaucoup de sagesse le diocèse d'Olmütz, envoya le sien et dépeignit le triste état des églises du nord; il y dit entre autres :

« On voit souvent que quand il s'agit de choisir des supérieurs, les hommes élisent parmi ceux qui ont le moins d'aptitude au gouvernement, de sorte que ces élus, au lieu de conduire les autres sont plutôt conduits eux-mêmes, ou bien, on partage les suffrages dans les élections, de manière à recevoir de l'argent des deux côtés, ou à se faire des protecteurs au cas ou les élus eussent plus tard des motifs d'exercer la justice, d'appliquer des peines contre ceux qui leur ont donné leurs voix. Ils semblent avoir horreur de la puissance impériale; ils veulent un empereur bon et sage, mais non puissant, ils ne voient pas que la puissance d'un seul, quand même il en abuserait un peu, est plus tolérable que l'insolence de tous les partis, puisqu'au moins elle finit par sa mort.

« Les royaumes voisins de ma province, sont : la Russie, la Lithuanie, la Prusse. En Hongrie, on maintient les Cumains, ennemis mortels, non seulement des étrangers, mais des Hongrois même ; qui, dans leurs guerres, n'épargnent ni les enfans ni les vieillards, et réduisent à l'esclavage la jeunesse de l'un et de l'autre sexe, pour les élever dans leurs mœurs et augmenter leur puissance. Dans le même royaume, on protège les hérétiques et les schismatiques qui s'y réfugient, la reine des Hongrois est Cumaine, et les plus proches parens sont païens. Les Lithuaniens et les Prussiens sont encore en assez grande partie païens, et ont déjà ruiné plusieurs évêchés en Pologne, voilà nos plus proches voisins.

» Les princes d'Allemagne sont tellement divisés, qu'ils semblent devoir s'attendre à voir leurs terres détruites les uns par les autres, de sorte qu'ils sont incapables de défendre la chrétienté chez nous, ou de secourir la terre sainte, le roi de Bohême est le seul, dans ces contrées, qui puisse soutenir la religion. »

L'église déploya partout une grande activité et même de la sévérité, pour résister à l'envahissement de la barbarie; malgré cela, il se commit souvent d'horribles abus, surtout dans les pays du nord, où l'esprit de l'évangile n'avait pas encore pénétré les masses. Ainsi Henri IV, duc de Silésie, qu'on avait surnommé le bon, par ironie, imposa, sans aucun droit, à Thomas, évêque de Breslau, et à tout le clergé du diocèse, une grosse contribution d'argent, pour se dédommager des frais d'une guerre qu'il avait entreprise et soutenue injustement. Comme on refusait de payer cette imposition, Henri se saisit de tous les biens de l'évêque et du clergé, et ensuite de toutes les dîmes. L'évêque Thomas après avoir tenté inutilement , toutes les voies de la douceur , porta ses plaintes à Jacques Swinca , archevêque de Gnesne , son métropolitain. Celui-ci assembla, le jour de l'Epiphanie 1285, un concile à Laneicie , auquel assistèrent les évêques de Cracovie , de Posnanie , de Wladislavie et de Lusuc , avec un grand nombre d'abbés et d'autres ecclésiastiques. Cette assemblée excommunia le duc Henri et tous ses complices , et mit en interdit tout le diocèse de Breslau.

L'évêque se retira à Ratibor , en Silésie , dans son diocèce , où il fut bien reçu par Ladislas , duc d'Opolie , qui en était le seigneur ; mais le duc Henri alla investir cette place, et assiégea son évêque , ce qui fit murmurer le peuple de la ville. Alors le prélat , voulant plutôt s'exposer seul au danger que de faire souffrir les habitans , se revêtit de ses habits pontificaux , et sortit de la ville avec quelques membres de son clergé , revêtus aussi de leurs ornemens. Il marcha droit au camp du duc Henri , lequel surpris et touché de ce spectacle , sortit de sa tente , alla au devant de l'évêque , et se jeta à ses pieds. Le prélat le releva , ils s'embrassèrent les larmes aux yeux , et étant entrés dans une église voisine dédiée à saint Nicolas , ils se réconcilièrent ; le duc promit de rendre à l'évêque , aux églises , au clergé tout ce qu'il leur avait ôté ; il fit lever sur le champ le siége de Ratibor , et l'archevêque de Gnesne leva les censures.

Le contre-coup de ces attaques se fit nécessairement sentir en Prusse , où les chevaliers Teutoniques ne pouvaient pas toujours , malgré leur zèle , maintenir leur autorité contre des ennemis puissans , ligués contre eux. Quelquefois la mauvaise conduite des princes servit aussi aux infidèles de prétexte de décrier la religion , et d'en détourner ceux qui étaient disposés à l'embrasser. Ainsi l'histoire déplora les excès de Casimir III , roi de Pologne , qui s'adonna à la débauche , et donna par là d'horribles scandales. Les païens en riaient ouvertement, les évêques au contraire et quelques seigneurs en gémirent , et lui firent des remontrances. Voyant que tous les avis pour ramener ce prince étaient inutiles , les prélats s'adressèrent au pape , et en obtinrent une sentence enjoignant au roi de mener une vie chrétienne , et de chasser les mauvaises femmes qui l'obsédaient. Casimir , irrité de cette conduite , fit ravager par ses troupes quelques villages appartenant à l'évêque de Cracovie , et appela même à son secours les chevaliers Teutoniques , pour l'aider à exercer ses vengeances ; mais ceux-ci s'y refusèrent.

L'évêque de Cracovie eut le courage de l'admonester en lui faisant entendre que les rigueurs de l'église avaient été provoquées par sa mauvaise conduite, et il frappa de censures le palatin de Sandomir, l'exécuteur des volontés du monarque, et ensuite le prince lui-même.

Pour lui signifier ses censures, le prélat envoya Martin Bariezca, vicaire de son église, qui eut le courage de se présenter hardiment devant le monarque, et d'exécuter sa mission. Casimir entra dans une violente colère, mais il se contenta de charger Martin d'injures, sans lui faire de mal. Plus tard, poussé par ses courtisans, il le fit arrêter et précipiter dans la Vistule, la nuit du 13 décembre 1349. Les Polonais attribuèrent à la vengeance divine de ce crime, les malheurs qui fondirent par suite sur leurs pays.

Casimir que ses sujets menaçaient d'une part, tandis que de l'autre les Lithuaniens ravageaient ses états, appela encore à son secours les chevaliers Teutoniques qui refusèrent de marcher, reconnaissant l'injustice de sa cause. Le monarque rentra ensuite en lui-même, et envoya en 1352, au pape, le chancelier de Dobrzin, pour faire en son nom l'aveu de ses fautes, et déclarer qu'il était prêt à se soumettre à la pénitence qu'on voudrait lui infliger.

Le chef de l'église montra une grande condes-

14

cendance, accorda l'absolution au roi, lui imposant une pénitence fort modérée, que le monarque accomplit fidèlement.

La puissance à laquelle l'ordre Teutonique était parvenue, lui suscita souvent de graves démêlés avec les états voisins jaloux de sa gloire. Il nous est impossible de faire entrer dans le cadre de ce volume, tous les faits relatifs à ce sujet, nous sommes forcé de nous borner aux détails les plus curieux, et de parcourir rapidement son histoire jusqu'à sa réduction par la réformation.

L'an 1410 fut très-funeste à ces chevaliers. Les Polonais étaient très-mécontens, parce qu'ils s'étaient emparés de plusieurs contrées que ces derniers réclamaient. La guerre leur fut donc déclarée. Quoique ces chevaliers eussent déjà subi de nombreuses défaites, ils revenaient toujours à la charge, mais la sanglante bataille qui fut livrée cette année par Uladislas Jagellon, roi de Pologne, sur le Thannenber, fut décisive. Les deux armées se rencontrèrent au déclin du jour. La nuit se passa sans action. Le lendemain le roi entendait la messe, lorsqu'on vint lui annoncer que les chevaliers se mettaient en bataille. Cette nouvelle ne lui fit point quitter ses prières, et il ne sortit de la chapelle que lorsque la messe fut achevée. Le grand-maître Teutonique, étonné de cette inaction, envoya aux Polonais par bravade, deux épées nues pour combattre :

— Je les accepte, dit le roi avec la mesure et le sang-froid qu'il possédait toujours dans ses négociations, quoique nous ayons assez d'épées dans notre armée, j'accueille comme gage de la victoire, celles que vous nous livrez avant le combat en signe de dérision. Nous ne refuserons jamais la paix quand elle sera juste; mais puisque le jeu des armes a tant d'attraits pour les chevaliers, et qu'ils ont si soif du sang chrétien, nous mettons notre confiance en Dieu ; il combattra du côté de la justice, et saura nous défendre contre le délire et la cruauté de ceux qui portent sa croix.

Un langage si noble présageait la victoire. Jagellon, tout à l'heure si plein de modération, combattit comme un lion ; entraîné presque seul au milieu des rangs ennemis, il allait tomber sous les coups de Dippold Kœchritz, chevalier d'une taille et d'une force extraordinaires, lorsque Sbignée Olesnicki renversa du tronçon de sa lance le terrible chevalier.

Les historiens du temps rapportent que toute l'armée Teutonique fut taillée en pièces, le grand-maître, plusieurs commandeurs et une multitude de braves officiers demeurèrent sur la place; on compta jusqu'à soixante mille morts. Les Polonais leur enlevèrent quarante étendards, une prodigieuse quantité d'armes de toute espèce, ce qui engagea l'ordre à entrer en composition. L'évêque de Wurtzbourg s'entremit et lui obtint des conditions plus avantageuses qu'il n'aurait pu espérer. Ce ne fut que l'année suivante que la paix fut enfin conclue à Thorn, à la sollicitation d'Alexandre Witbold, grand duc de Lithuanie. Il fut arrêté que le roi de Pologne rendrait aux chevaliers tout ce qu'il avait conquis sur eux en Prusse, que tous les prisonniers seraient rendus à la liberté, moyennant une rançon, que la Samogitie resterait au duc de Lithuanie, jusqu'à sa mort, pour retourner ensuite au domaine des chevaliers. Quelques historiens ajoutent encore deux conditions, savoir : qu'on soumettrait à l'arbitrage du pape les articles contestés, et qu'on comprendrait dans cette paix les ducs de Stolp et de Mazovie, ainsi que Sigismond, roi de Hongrie, s'ils voulaient y entrer.

Après la concluion de cette paix, le roi de Pologne envoya des ambassadeurs à Jean XXIII, pour la faire ratifier ; mais le Pape ne voulut point accorder à ce prince la permission d'entreprendre une croisade contre les Tartares, les chevaliers Teutoniques et Sigismond s'y opposant, dans la crainte qu'il ne reprît les armes contre eux-mêmes.

Cette paix ne produisit point les effets qu'on en attendait ; car en 1415 , le roi de Pologne et le grand duc de Lithuanie, adressèrent des lettres à toute la chrétienté, pour se plaindre des chevaliers, qui, disaient-ils, ne cessaient de harceler les Polonais, sans tenir les conditions stipulées. Sigismond, depuis son élection à l'empire , avait bien voulu se rendre médiateur entre les chevaliers et les Polonais ; on fit une trève , on jura de l'observer ; mais il paraît que les chevaliers furent les premiers à la rompre ; c'est ce qui obligea Uladislas et Withold à avoir recours à l'autorité du concile qui se tenait alors à Constance. Cette assemblée ne put faire autre chose que de nommer le Cardinal Zarabella et deux députés de chaque nation , pour examiner ces différens, qui ne devait pas être terminés sitôt.

L'année suivante , on fit au concile, lecture de trois lettres, adressées par le roi de Pologne et le grand duc Withold, par Michel Kochmeister , grand maître de l'ordre Teutonique, et par l'université de Cracovie. Uladislas félicitait l'assemblée du zèle qu'elle témoignait pour l'extirpation de l'hérésie , et pour la réunion de l'Eglise sous un même chef, et l'instruisait de ce qu'il avait fait pour observer la trève établie entre la Pologne et l'ordre teutonique.

14.

Le grand maître promettait également dans la sienne de ne point violer cette trève, et priait le concile de travailler à une paix qui fût durable, entre son ordre et le royaume de Pologne ; l'université de Cracovie disait à peu près la même chose. La lettre de ce corps savant, fondé seize ans auparavant, respirait un grand zèle pour la religion, et sollicitait des prélats, la faveur de s'occuper du rétablissement des sciences en favorisant l'enseignement universitaire, et en attirant les personnes les plus habiles pour instruire la jeunesse.

La trève fut maintenue, ce qui n'empêcha pas plusieurs villes et contrées de se soustraire à la domination des chevaliers, et de faire même un traité d'alliance entre elles pour se gouverner d'après leurs propres lois. Il paraît cependant que l'ordre était en bonne intelligence avec le roi de Pologne, puisqu'il lui fournit, en 1444, un contingent de troupes pour s'opposer à Amurat, empereur des Turcs. Tout le monde connaît la malheureuse issue de la bataille de Varna, que les chrétiens perdirent et qui coûta la vie au monarque polonais, ainsi qu'à une foule de braves chevaliers Teutoniques.

La nouvelle de la mort de ce monarque couvrit de deuil la Pologne entière. Incertaine d'abord, elle fut bientôt confirmée par les députés qui s'étaient rendus en Hongrie, pour s'assurer du malheur qui venait de frapper leur patrie. Les états offrirent la couronne à Casimir, grand-duc de Lithuanie. Ce jeune prince, encore mal affermi sur le trône de ses ancêtres, craignit de déplaire à ses sujets toujours opposés aux Polonais, malgré soixante ans d'union. Il refusa donc. Deux ans s'écoulèrent avant que la Pologne n'eût un souverain. Le marquis de Brandebourg et Boleslas, duc de Mozavie, se mirent sur les rangs, la crainte de voir l'un d'eux réunir les suffrages, détermina enfin Casimir à accepter la couronne qui lui fut accordée, parce que les Polonais attachaient toujours une grande importance à la réunion de la Lithuanie.

Mais cette mesure fut loin d'éteindre la rivalité qui existait entre les deux peuples, qui se disputèrent la Wolhinie et la Podolie ; une irruption des Tartares vint encore augmenter le germe de la division. Les Polonais accusèrent les Lithuaniens d'avoir appelés leurs ennemis ; et en effet, le Staroste de Breslau traita avec eux, pour soumettre la Valachie révoltée. Au lieu d'apaiser ces différens, Casimir ne faisait que les entretenir, pour se rendre agréable à la noblesse du duché. Les deux Ladislas avaient paru oublier leur première patrie, pour devenir tout Polonais ; Casimir, au contraire, semblait rechercher toutes les occasions pour devenir Lithuanien. La mort de Swridygaylon laissa vacant le pays de Luck ; il l'unit à la Lithuanie. Long-temps il refusa de prêter, ou trouva des prétextes pour différer le serment qui avait été la condition de l'élévation de Jagellon au trône de Pologne. La noblesse, furieuse d'une telle conduite, finit par se déclarer exempte de toute obéissance ; elle disait hautement que le royaume valait bien un duché, et que le roi, dût-il perdre ses états héréditaires, devait subir toutes les conditions du rang qu'il avait accepté. Il fallut plier, Casimir prêta le serment.

Il était temps que ces troubles s'apaisassent ; car si l'Ordre Teutonique n'en avait pas profité, c'est que ses dernières défaites l'avaient tout-à-fait mis dans l'impossibilité d'agir. Maintenant une occasion se présentait pour l'accabler. La noblesse de la Prusse était divisée avec les chevaliers : pour favoriser ces derniers, l'empereur Frédéric III lui avait enlevé tous ses priviléges. Les opprimés se jetèrent entre les bras du roi de Pologne : forts d'une alliance si puissante, ils n'eurent pas de peine à s'emparer de la plupart des places dans lesquelles les chevaliers s'étaient enfermés. Cependant ceux-ci firent des prodiges de valeur : partout chassés, ils revenaient partout, dès qu'ils avaient pu réunir quelques nouveaux secours qu'ils allaient recueillir dans toutes les parties de l'Allemagne. Casimir, occupé tantôt dans la Silésie qui voulait se détacher de la Bohème pour se réunir à la Pologne, tantôt dans la Hongrie dont Mattias Corvin, fils de Jean Huniade, s'était emparé après la mort de Ladislas le Posthume, n'avait pas assez de troupes pour lutter à la fois contre tant d'ennemis. Enfin, après douze ans de dévastations et de meurtres, plutôt que de combats, Marienbourg, le dernier boulevard de l'ordre, ouvrit ses portes. Les chevaliers, obligés de demander la paix, abandonnèrent pour toujours et sans réserve le duché de Poméranie, les districts de Culm et de Michalow ainsi que les villes de Dantzick, de Marienbourg, d'Elbing et tout ce qui compose aujourd'hui la Prusse royale. On leur accorda l'autre moitié de la Prusse qu'ils conservèrent comme un fief de la Pologne. Il fut statué que chaque nouveau grand-maître viendrait, aussitôt après son élection, rendre hommage au roi, qu'il serait membre né du sénat, où il tiendrait le premier rang à la gauche du roi.

Ainsi finit cette guerre cruelle qui avait fait répandre tant de sang et causé tant de ravages. On comptait que dans l'espace des douze dernières années (de 1454 à 1466) il y avait eu en Prusse près de vingt mille villages incendiés , sur vingt-un mille qui la composaient. La Pologne, épuisée par tant de convulsions , se soutenait par sa gloire. (1).

Cette paix fut l'ouvrage de Rodolphe, nonce du pape en Allemagne , qui , après avoir apaisé les différens existans entre l'empereur Frédéric et le roi de Hongrie, se rendit en Pologne où il n'oublia rien pour réunir les esprits. Louis de Herling-hausen , qui était alors grand-maître des cheva-liers Teutoniques , y contriba beaucoup par sa modération.

On envoya de part et d'autres des députés à Rome, pour remercier le saint-siége des soins qu'il avait pris de faire terminer cette grave af-faire, et de rétablir la tranquillité parmi les peu-ples. Ces députés étaient aussi chargés de deman-der le Cardinalat pour Rodolphe , en récompense de ses services et de sa fidélité; mais il ne put l'obtenir sans qu'on en sache le motif, il fut de-puis élevé sur le siége épiscopal de Breslau.

(1) Histoire de Pologne, t. 1, p. 172 et suiv.

Depuis ce moment, l'Ordre Teutonique, qui avait perdu la moitié des états sur lesquels il avait auparavant exercé sa domination, perdit le prestige qui l'avait entouré autrefois, et ne fut plus qu'une ombre de lui-même; la Pologne, au contraire, sa constante rivale, marcha de succès en succès. Il semblait que tous les peuples voisins, voulussent lui offrir leurs sceptres. La Bohême, après la mort de Georges Podiébrad, élevé sur le trône par la faction hussite, demanda pour roi, Wadislas, fils aîné de Casimir IV, tandis qu'en même temps un parti puissant appelait sur le trône de Hongrie, Casimir, frère de Wladislas. Casimir fut repoussé par Mathias Corvin, mais Wladislas régna sur la Bohême. Ce Casimir qui n'avait cédé qu'aux ordres de son père, pour marcher sur la Hongrie, étonna alors le monde par ses vertus les plus sublimes. Les Hongrois lui offrirent une seconde fois la couronne, mais il se montra sourd à leurs sollicitations, et s'illustra par sa haute piété. A sa mort, l'Eglise lui érigea des autels, et les Polonais l'invoquèrent comme le patron de leur pays.

Les Tartares avaient recommencé leurs incursions. Le roi de Pologne envoya contre eux son fils, Jean-Albert, qui trouva l'armée de ces peuples divisée en deux corps, l'un de quinze mille hommes, presque tous de cavalerie, l'autre de dix mille hommes d'infanterie. Il attaqua le premier, et le défit, traita de même le second, et remporta une victoire complète, toute la cavalerie resta sur la place. Cette victoire lui inspira de l'orgueil, lui aussi voulut s'asseoir sur un trône. L'occasion s'en présenta bientôt; car, après la mort de Mathias Corvin, Jean-Albert et son frère Wladislas, qui régnait déjà sur la Bohème, prirent les armes l'un contre l'autre, pour se disputer la Hongrie. Wladislas l'emporta, battit son frère, le fit prisonnier, et ne lui rendit la liberté, qu'après lui avoir fait signer un acte de renonciation à toute prétention sur la Hongrie, s'engageant de son côté, à renoncer à la couronne de Pologne. Celle-ci échut en effet à Jean-Albert, après la mort de Casimir.

Dans toutes ces discussions, on chercherait en vain le nom des chevaliers teutoniques, l'histoire ne parle presque plus de ces braves, et leur vaillante épée, qui avait autrefois pesé de tout son poids dans la balance des destinées des peuples du nord, s'éclipsa petit à petit devant l'astre de la Pologne.

Jean-Albert était monté sur le trône, le 27 août 1492; mais il ne réalisa pas les espérances qu'on avait conçues de lui. Il était savant surtout dans l'histoire, libéral envers ses soldats, bon et affable. Battu par les Tartares, par suite de la trahison d'Etienne Waiwode de Valachie, il eut le chagrin de voir cent mille de ses sujets traînés en captivité, et si, ce qui eut encore lieu à une époque récente, les grands froids n'eussent fait périr l'armée de ces barbares, qui sait où se serait arrêtée leur fureur destructive ! Frédéric de Saxe, alors grand-maître de l'Ordre Teutonique, profita de cette occasion pour s'exempter de l'hommage qu'il devait à la Pologne, selon le traité de paix fait avec ses prédécesseurs. Il était excité à cet acte, par l'empereur Maximilien et quelques autres princes d'Allemagne, qui, peinés de voir l'oubli dans lequel était tombé cet ordre, lui firent de belles promesses pour l'engager à la révolte. Jean-Albert allait l'y forcer par les armes, lorsqu'il succomba à une attaque d'apoplexie, le 17 juin 1501, la neuvième année de son règne, sans jamais avoir été marié. Son corps fut enterré à l'église de la citadelle de Cracovie. Ce prince protégea les lettres, et les fit fleurir dans ses états, ce qui rendit sa memoire chère aux savans.

Son troisième frère, Alexandre, grand duc de Lithuanie, lui succéda, et par là, cette province fut unie à la Pologne. Il fut sacré par le

cardinal Frédéric, son frère, archevêque de
Gnesne ; mais Hélène, son épouse, fille d'Isvan I,
duc de Moscovie, ne fut point sacrée avec lui,
parce qu'elle professait la religion grecque.

Ce nouveau règne présenta l'image d'une lutte
continuelle entre les Moscovites et les Tartares ;
ces derniers inondèrent bientôt la Pologne, jusqu'aux portes de Sandomir, et firent cent mille
prisonniers dans la Lithuanie, mais leur triomphe fut court ; car Michel Glinski, gouverneur
de cette dernière province, les surprit à Kleck,
et remporta sur eux une victoire complète. Le
roi Alexandre, qui était alors attaqué d'une maladie grave, recueillit toutes les forces qui lui res-
taient encore, et remercia Dieu de la faveur qu'il
venait d'accorder à ses armes ; bientôt la parole lui
manqua, alors il exprima par ses gestes tout le
bonheur qu'il ressentait. Il mourut quelques momens après.

Sigismond I, dit le Vieux, le seul des fils de
Casimir IV, qui prétendît encore à la couronne,
fut proclamé roi de Pologne et grand duc de Lithuanie. Il s'appliqua dès les commencemens de
son règne à réformer les nombreux abus qui pendant ces temps de trouble, s'étaient glissés dans
les différentes branches de l'administration publique, à introduire la plus stricte économie dans

les dépenses, afin de se ménager quelques ressources contre les ennemis de son royaume. Ses
soins, quant à ce dernier point, furent couronnés
de succès; Martin Bonar, l'intendant de ses finan-
ces, releva le trésor épuisé, et remit en honneur
le crédit public. Mais le roi fut moins heureux
dans son entreprise de rétablir la tranquillité
dans ses provinces.

L'homme qui était alors tout-puissant dans le
royaume, Michel Glinski, avait joui d'un pouvoir presque égal à celui du souverain, sous le
règne faible de Jean-Albert, ce qui lui attira la
jalousie des grands. C'était un bon général, un
grand politique, mais une âme fière ne voulant
céder à aucun autre la place qu'il occupait. Voyant
que le nouveau roi paraissait se méfier de lui, il
se ménagea des intelligences au dehors, et le grand-
maréchal du royaume, Jean Zabrzezinski, l'accusa
d'entretenir une correspondance suspecte avec les
moscovites.

Sigismond savait tout cela, mais il ne se sentait
pas encore assez fort pour attaquer Glinski, et
remit le soin de débrouiller cette grave affaire,
jusqu'à la diète prochaine.

Lors de cette assemblée à Wilna, Glinski parut
devant le monarque avec assurance, et lui demanda justice contre ses détracteurs.

— Seigneur maréchal de la cour, lui répondit Sigismond qui eut de la peine à se contenir, vous implorez notre justice ; mais prenez garde de l'éveiller ; car si Dieu et sa sainte parole viennent à notre aide, le coupable sera découvert, et alors malheur à lui.

— Et vous, répliqua Glinski d'un ton d'insolence et en portant la main sur le manteau du roi, craignez de me pousser à des entreprises qui pourront vous causer autant de regrets qu'à moi.

Le roi arracha avec vivacité son manteau, et jetant un regard sinistre sur cet homme audacieux, il s'éloigna de lui.

C'en fut assez, Glinski ne pouvant plus douter des intentions du monarque, se retira. Jusqu'alors il n'avait été qu'un ambitieux, maintenant il va devenir un rebelle, et ne gardera plus de mesure. Il réunit aussitôt ses partisans, fond avec eux sur Grodno, massacre de sa propre main le grand-marécha le Zabrzezinski, marche ensuite vers le Dnieper où l'attendait un corps de troupes moscovites. Le roi le déclare traître à la patrie et met sa tête à prix. Glinski ne perd point son temps, et appelle autour de lui une foule de mécontens avec lesquels il espère faire trembler la Pologne : mais Jean-Firley et Constantin, prince d'Ostrog, généraux polonais lui tiennent tête, préviennent ses desseins, le battent en plusieurs rencontres, reprennent les places dont il s'était emparé, et le forcent à quitter le pays, et contraignent Basile, son protecteur, à faire la paix avec Sigismond. Glinski se retira à Moscou, où sa nièce Hélène est bientôt appelée à monter sur le trône de Basile.

Le rebelle ne resta pas tranquille dans cet exil forcé, et suscita partout des ennemis à la Pologne. Ce fut par ses conseils que l'empereur Maximilien détourna de nouveau le grand-maître de l'ordre Teutonique, de rendre à Sigismond l'hommage qu'il lui devait. Il engagea en même-temps Basile à reprendre les hostilités, mais la bataille de Berisow, gagnée par les Polonais, vengea Sigismond, quoique Glinski eût enlevé la ville de Smolensk. Cette ville avait été promise au rebelle par Basile, mais comme celui-ci différait d'exécuter sa promesse, Glinski furieux se brouilla avec lui, et ouvrit des négociations avec le roi de Pologne, pour rentrer en grâce. Basile eut connaissance de cette nouvelle trahison, et se méfiant d'un homme si léger, il le fit arrêter et jeter dans une prison, où le malheureux Glinski termina ses jours après une captivité de près de treize ans. Ainsi périt ce traître, qui aurait pu fournir une carrière si belle et si honorable, s'il avait eu moins d'ambition.

15

Les Tartares, si souvent vaincus, reparaissaient toujours, et lançaient leurs hordes sanguinaires sur la Pologne. Ils gagnèrent, en 1519, une bataille qui découvrit les provinces du midi de ce royaume, tandis que Basile alla ravager les environs de Wilna.

Le grand-maître de l'Ordre Teutonique, croyant que le moment était venu pour se venger de la Pologne, et reprendre les anciennes possessions que ce royaume lui avait enlevées, courut aux armes ; mais ses chevaliers n'étaient plus ces guerriers d'autrefois, devant l'ardeur desquels tout pliait, ils furent défaits, et obtinrent un armistice de quatre ans, qui, à son expiration, fut converti en une paix plus durable, mais aussi plus funeste.

L'Allemagne était alors agitée par les discussions religieuses soulevées par Luther. Déjà une foule de petits princes étaient gagnés à la réformation, et épousaient les nouvelles doctrines, pour devenir indépendans et satisfaire, de l'aveu même de Schiller et d'auteurs historiens protestans modernes, leur ambition et leur avidité.

Albert de Brandebourg, grand-maître de l'Ordre Teutonique et parent de l'élection de Mayence, sachant que l'empereur était en Espagne, fort occupé des guerres de France et d'Italie, fei-

gnit d'être si pressé par les Polonais, qu'il était
près de succomber si on ne le secourait promptement. Il s'adressa donc à l'empereur, et n'en recevant pas de réponse, il renversa toutes les règles de son ordre, embrassa le luthéranisme,
jeta de côté son manteau de grand-maître qu'il
voulait échanger contre le manteau royal, détourna à son avantage, la meilleure partie du
trésor, se mit sous la protection de la Pologne,
afin d'assurer à sa famille ce qu'il possédait déjà
comme grand-maître. Il fut donc convenu avec le
roi Sigismond, que les provinces cédées autrefois aux chevaliers par le roi Casimir IV, appartiendraient désormais à Albert, et après sa mort
à son fils, ou à ses frères; mais qu'à leur défaut
ces possessions rentreraient sous la domination de
la Pologne. On stipula encore qu'Albert et ses
descendans en feraient hommage à la république,
et qu'aucun d'eux n'en pourrait disposer sans le
consentement des diètes : qu'enfin, comme les
grands-maîtres auxquels ils succédaient, ces princes seraient désormais regardés comme membres
de l'état, et qu'ils occuperaient dans les assemblées
publiques la première place, après le roi.

Albert avait déjà soixante-neuf ans accomplis,
et ce grand âge ne le dissuada pas de penser au
mariage. Il épousa Dorothée de Holstein, fille

du roi de Danemark, et vécut encore près de trente ans après ce mariage. Luther s'en prévalut, et imputa une si prompte résolution à son exemple.

Les hommes qui jugent des événemens par leurs résultats, ont profité de ce fait pour reprocher à Sigismond ce traité sanctionnant l'élévation d'un puissant voisin, qui devint si dangereux pour la nation à laquelle il dut sa gloire ; d'autant plus que l'Ordre Teutonique était alors renfermé dans des limites tellement étroites, que son influence n'était presque plus à craindre. Il est hors de doute, que, si le monarque polonais avait pu lire dans l'avenir, il n'aurait jamais consenti à un traité qui dût plus tard, sous Frédéric-Guillaume (en 1657), affranchir la Prusse de tout hommage à la Pologne, pour la voir élevée, en 1701, en royaume, et finir par se partager les dépouilles de celle qui l'avaient élevée. Le 5 août 1772, le traité de partage de la Pologne fut signé à Saint-Pétersbourg, par la Russie, l'Autriche et la Prusse, et le 13 janvier suivant, les envoyés de ces trois puissances publièrent dans Varsovie étonnée leur manifeste. La Prusse s'adjugeait les palatinats de Marienbourg, de la petite Poméranie, de Culm, d'Ermeland, presque toute la Prusse royale et une partie de la grande Pologne, la petite Pologne avec les Salines, des portions de la Russie-Rouge et de la Podolie étaient données à l'Autriche ; les palatinats de Witebeck et de Mscislaw et les pays situés sur le bord du Dniéper furent abandonnés à la Russie. La Pologne, ainsi réduite aux deux tiers de son territoire, conservait une surface de dix milles carrés, et une population de huit millions d'habitans !!!

FIN.

LIMOGES. — IMPRIMERIE DE BARBOU FRÈRES.

BIBLIOTHÈQUE MORALE

Alfred et Charles, ou la Réconciliation
Augeline, ou la Solitaire de la Roche
  Blanche.
Choix de lettres de madame de Sé-
  vigné, 2 volumes
Constantin le Grand et son Règne
Conquête du Tombeau de Jésus-Christ
Empire (L') de la Foi
L'Espagne et l'Empereur d'Autriche
Histoire de Marie Stuart
Histoire des Chevaliers de Malte
Histoire de l'Amérique
Histoires Morales et édifiantes, par
  madame d'Aurantes, 3 volumes
Histoires Morales, traduites de l'alle-
  mand
Isabelle de Saint-Georges, ou le Triom-
  phe de la Piété Filiale.
Marie, ou Remords et Vengeance
Rodolphe de Habsbourg, empereur d'Al-
  lemagne.
Voyage en Orient.
Abrégé du voyage de Levaillant dans
  l'intérieur de l'Afrique.
Estelle, ou la Vierge des Alpes
Flavien et les fils de Marcomir, épiso-
  de de l'histoire de France au IVe et
  Ve siècles
Le Chevalier de l'ordre Teutonique
Méroon, ou la Barde des Gaules
Orléans, ou la France au XVe siècle

PUBLIÉE AVEC APPROBATION
DE
Mgr L'ÉVÊQUE DE LIMOGES.

F. BOULAY A DIJON.

www.ingramcontent.com/pod-product-compliance
Lightning Source LLC
Chambersburg PA
CBHW071825020726
47502CB00004B/1242